Editora **Charme**

UMA HISTÓRIA DE PRAZER, DOR E PAIXÃO.
CONSERTE-ME
SERIE WRECKED

J.L. Mac

Todos os direitos reservados.
Nenhuma parte deste livro pode ser reproduzida, digitalizada ou distribuída de qualquer forma, seja impressa ou eletrônica, sem permissão.

Este livro é uma obra de ficção e qualquer semelhança com qualquer pessoa, viva ou morta, qualquer lugar, evento ou ocorrência é mera coincidência.

Os personagens e enredos são criados a partir da imaginação da autora ou são usados ficticiamente. O assunto não é apropriado para menores de idade.

1ª Impressão 2016

Copyright 2013: J.L. Mac
Copyright da Tradução: Editora Charme
Foto de Capa: Shutterstock
Criação e Produção: Verônica Góes
Tradução: Cristiane Saavedra
Revisão: Ingrid Duarte

Este livro segue as regras da Nova Ortografia da Lingua Portuguesa.

CIP-BRASIL, CATALOGAÇÃO NA PUBLICAÇÃO
SINDICATO NACIONAL DE EDITORES DE LIVROS, RJ

Mac, J. L.
Conserte-me / J. L. Mac
Titulo Original - Restore Me
Série Wrecked - Livro 2
Editora Charme, 2016.

ISBN: 978-85-68056-22-6
1. Romance Estrangeiro

CDD 813
CDU 821.111(73)3

www.editoracharme.com.br

UMA HISTÓRIA DE PRAZER, DOR E PAIXÃO.
CONSERTE-ME
SERIE WRECKED

TRADUÇÃO: CRISTIANE SAAVEDRA

DEDICATÓRIA

Para aqueles que disseram que eu não poderia.
Aos que disseram que eu não deveria.
Foi exatamente por vocês que eu fiz.
Obrigada.

PRÓLOGO

Sábado, 8 de Junho de 1996

— Cala a boca, rapaz! Não quero ouvir a porra da sua voz. Você é tão idiota e inútil como a puta da sua mãe! Não foi à toa que ela não te quis. A cadela devia ser vidente, além de puta suja! Ela sabia o quão estúpido e inútil você seria; foi por isso que te abandonou pra eu cuidar e foi embora! Se não fosse a "pé no saco" da sua avó, eu teria me livrado de você no minuto em que a cadela da sua mãe te empurrou pra mim!

Eu já deveria estar acostumado com isso, ele sempre me faz estremecer quando diz essas coisas. Odeio isso. Prefiro socos à agressão verbal. Acho que curar dano físico é muito mais rápido do que essa merda terrível que ele diz. Não entendo como alguém pode odiar tanto um filho. É como se eu nunca tivesse tido uma chance. Ele me odiou desde o minuto em que nasci e dezessete anos não mudaram esse fato em absolutamente nada. Se isso já não bastasse, nesse momento, ele me odeia um pouco mais. Está bêbado e falando um monte de merda. E o que é pior: acha que pode dirigir perfeitamente bem quando está bêbado. Isso me assusta pra caralho.

— Pai, só acho que eu deveria dirigir, você sabe, no caso de os policiais nos pararem ou algo do tipo. Eles vão sentir o cheiro do uísque.

Ele sabe que eu não dou a mínima sobre ele se meter em confusão. Ele sabe que estou com medo; sempre sabe. Sabe e gosta.

— Que diabos você sabe sobre qualquer coisa, idiota? Apenas fecha essa boca e fica quieto aí. Se não fosse por você, eu ainda estaria em casa. Você tinha que estragar meu dia, hein?

— Eu não queria. A minha carona me deixou na mão. Sinto muito. — Ele não imagina o quanto estou arrependido. Eu preferia estar no carro de Erik agora, mas ele finalmente conseguiu um encontro com Ashley Wilcox e eu lhe disse para ir em frente. Não sou sacana com os meus amigos.

— Sim, você está certo. Está arrependido. Talvez devesse pedir desculpa.

Olho para fora, pela janela, para que ele não possa ver o meu medo com o seu insulto. Eu *odeio* essa merda! Estou prestes a fazer dezoito anos — serei adulto em breve! Ele devia me tratar com mais respeito. Devia me tratar como adulto. Odeio esse idiota; ainda assim, faria qualquer coisa para agradá-lo. Tento de tudo para deixá-lo feliz. Mesmo ele sendo um idiota bêbado e malvado, ainda sinto um estranho desejo de agradá-lo. Isso me deixa louco porque, de alguma forma, ainda quero que o meu pai sinta orgulho de mim. Ainda quero que ele me ame. É um esforço em vão. Ele nunca vai me amar, mas eu tento. Continuo tentando...

— Peço desculpa, pai, mas, por favor! Pare o carro e me deixe levá-lo para casa. — *Por favor, pare.*

— *Caralho, não!* Eu não estou bêbado, e, mesmo se estivesse, ainda dirijo melhor do que você, seu bundão, que só tem dezessete anos e se acha. Diga-me para parar outra vez e eu paro, mas será para chutar essa sua bunda arrogante aqui mesmo na estrada! Você não vai dirigir o meu carro, Damon, então esqueça isso, porra!

Claro que não. Estúpido. Remexo-me no lugar e aperto

um pouco mais o cinto de segurança. Ele parece não notar e sou grato por isso. Não preciso ouvir mais nada sobre como sou um "mariquinha".

— Pai, você está bêbado! Por favor, apenas...

Seu olhar frio pousa em mim e eu me encolho. Por um segundo, chego a pensar que ele vai me dar um soco bem aqui no carro, pois estamos ziguezagueando pela estrada. Ele não me bate. Apenas me prende no assento com seu olhar cheio de ódio que sempre me arrasa. Acho que nunca o vi me olhar com amor. Nunca. Nem uma única vez ele me olhou como normalmente um pai olha para um filho. E isso me deixa com ódio dele e da minha mãe, seja ela quem for. Talvez até a odeie mais do que o odeio. Ela não me quis, então me entregou a ele. *Ela* me fez viver dessa maneira. Gostaria que ambos estivessem mortos. Quem sabe ela até já não esteja?

— Cala a boca, rapaz, ou vou te calar como eu fazia com a puta mentirosa da sua mãe!

— Pai! Dá um tempo! Você está ziguezagueando pela estrada! Pare o carro. Por favor! — Ele agora está me assustando pra caralho. Vamos terminar dando de cara num poste, se ele não parar. Tenho que detê-lo. Ele levanta a mão em linha reta no painel e recua para me golpear como ele fez tantas outras vezes.

— Eu preciso te ensinar uma lição de obediência, seu merdinha desprezível!

Viro a cabeça para me preparar para o golpe. Meu olhar pega o vislumbre de algo. *Ah, merda!* Estendo a mão para o volante.

— Pai! Cuidado!

O impacto é ensurdecedor. Vidro quebrando, metal rangendo, borracha chiando no asfalto, e uma nuvem de fumaça.

Sou lançado para frente, mas felizmente o cinto apertado me segura, mantendo-me preso ao assento. Olho para cima e tento ver através da fumaça à deriva sobre o capô do carro. Tarde demais. E é tudo culpa minha. Batemos em outro carro. De frente. O carro velho, pesado e de quatro portas do papai, um *Caprice Classic*, esmagou um carro minúsculo. Eu devia ter ido a pé para casa ou com outra carona. Eu devia ter levado a surra para forçá-lo a parar. Eu devia ter sido mais homem, não o "mariquinha" que sou. *Porra!* Solto meu cinto de segurança com as mãos trêmulas, e depois me estico para desafivelar o do papai. O canalha inútil parece assustado. Agora, *filho da puta*?

— Escute, rapaz. Você estava dirigindo. Entendeu?

O quê? Ele quer que *eu* leve a culpa pela batida?

— Pai, eu...

Ele se inclina sobre mim e seu hálito é forte. Tem cheiro de uma garrafa aberta de bebida alcoólica.

— Você. Estava. Dirigindo. Diga algo diferente, e você vai ver o que te acontece, seu mariquinha. Experimente! — Cuspe voa de sua boca e cai no meu rosto, me fazendo estremecer.

Eu não digo nada. Puxo com violência o queixo de sua mão e faço força com o ombro para sair pelo meu lado do carro. Então, corro para o outro carro.

— Oh, Deus. Oh, Deus. Eu sinto muito! — Minha voz parece longe.

Momentaneamente, fico congelado. Não consigo me mover. A parte dianteira está agora no meio do carro. Parece uma sanfona. Merda! Tem sangue espalhado pelo vidro. Estou com medo. Não quero chegar mais perto; não consigo. Corro as mãos pelo cabelo. Meu pai sai do nosso carro. Parece que ele não está machucado. Eu não estou machucado. O carro à minha frente está amassado e há sangue por toda parte. É claro que alguém está machucado.

— Por favor!

Alguém está vivo lá dentro! Engulo o medo e corro até o carro. Do pouco que consigo ver através da janela quebrada, as duas pessoas do banco da frente morreram. Há muito sangue.

— Oh, Deus. Oh, Deus. Eu sinto muito. Oh, Deus. — Não consigo parar de falar, como se isso fosse ajudar ou algo assim.

— Por favor, me ajude!

Posso vê-la facilmente através da janela quebrada; uma menina está presa atrás do banco do motorista. Ela é mais nova do que eu, tem cabelo escuro e olhos enormes e assustados. Com o coração batendo descontroladamente, reúno toda a minha força e puxo a porta traseira, mutilada, do passageiro com tanta força que quase caio de bunda no chão. Normalmente, eu ficaria mortificado. Hoje, não dou a mínima. Não me importo com nada, exceto em conseguir ajudar essas pessoas.

— Eu te peguei. Venha. Pai, tire-os lá da frente. Vá!

A colisão empurrou tudo para trás. O capô do carro está agora no que deveria ser o painel, e ambos os bancos dianteiros estão imprensados no meio. Tenho que tirá-la. Espreito sobre o banco do passageiro dianteiro e me arrependo. A mulher deve ser sua mãe. Ela tem sangue escorrendo de onde devia ser o olho esquerdo. Não consigo nem olhar. Há apenas sangue; seu cabelo está todo colado com ele. Ela não está se mexendo. E nem sei se está respirando, mas aprendi a verificar pulsação na aula de educação física, então me estico por cima da menina e mantenho os dedos pressionados ao lado de seu relógio, como aprendi. Mesmo com o meu coração acelerado e as mãos trêmulas, não consigo sentir nada. Nada. Tenho que levar essa menina para fora. Cuidadosamente, agarro-a, imaginando que quanto mais rápido, melhor. Sua perna parece muito mal e isso vai doer, mas ela precisa de ajuda. Eu a tiro do carro com um puxão forte e a embalo em meus braços. Meu Deus! Sinto-me enjoado. Olho para a sua perna e vejo uma fratura exposta. Ah, merda. Isso parece doer. *Eu fiz isso.*

— É minha culpa. Desculpa. Eu sinto muito. Prometo que você vai ficar bem. Vou me certificar disso.

Eu tenho que ajudar. Posso até não fazer certo, mas talvez consiga tentar tornar isso melhor. Talvez haja alguma coisa que eu possa fazer. Eu não sei, mas tenho que tentar. A ambulância chega e a entrego para os paramédicos. Eles me empurram. Quero que cuidem dela, mas também quero ficar por perto. Ela não tem mais ninguém aqui. E precisa de uma pessoa. Precisa de alguém para acompanhá-la e cuidar dela. Seus pais não farão mais isso; eu sei. A culpa é minha, então estarei aqui para ela. Eu serei esse alguém. Tenho que ser esse alguém.

Capítulo um

Ainda de pé
06 de agosto de 2012

Mesmo com dificuldade, ainda estou de pé. Não vou continuar sentada aqui, mentindo para mim mesma, dizendo que estou mais forte por ter passado por isso. Não me sinto nem um tiquinho mais forte. Sinto que eu, sozinha, destruí o pouco de felicidade que me foi oferecida: Damon. O peso dessa culpa é paralisante. Não consigo nem imaginar o que ele sentiu todos esses anos. *Deus, como ele pode se sentir responsável?* Ele era apenas um garoto. O acidente não foi culpa dele e nem minha. Quem me dera poder dizer o mesmo para o que aconteceu há uma semana. *Se ao menos eu o tivesse deixado explicar...* A lembrança do que aconteceu ainda está fresca e pela primeira vez me pego desejando que o tempo apague minha memória. Algo bem lá no fundo me diz que eu não devo ter esperança. As acusações que joguei em Damon naquele dia provavelmente vão me assombrar até a minha morte e nem posso dizer que mereço coisa melhor. Eu estraguei tudo.

Aquele dia, o dia da sua última reação, foi há uma semana.

Há uma semana, numa segunda-feira como hoje, meu telefone tocou sem parar, até que o desliguei completamente. Ele bateu na minha porta até que um vizinho arrogante chamou a porra da polícia para tirá-lo daqui. Não cheguei meu e-mail. Não tenho ido a lugar algum. Não fiz... nada. Absolutamente nada. Tenho sorte de ainda estar viva aqui, no velho sofá de Sutton. Não via Damon há quatro dias. Sentia como se meu mundo tivesse desmoronado.

Agora sei que o meu mundo só estava começando a desmoronar quando descobri quem era Damon. Na verdade, começou quatro dias depois, há uma semana, com uma nova batida na porta. Uma batida mais suave, mas persistente, que fez Hemingway latir e eu gemer como uma moribunda. Sentia-me uma moribunda.

— Vaaaai emboraaaaaaaaa!

O barulho fica mais alto.

— Garota, é melhor você abrir essa porta! — VÓ! Meu Deus, vó! Ela vai ter um ataque cardíaco com esse calor. Rolo para fora do sofá e rastejo de quatro por uns instantes, antes de, finalmente, me levantar e ir cambaleando até a porta, que abro com tanta pressa que uma lufada de ar quente vem junto.

Quando a vó me olha, quase engasga.

— Você parece uma merda! Quero dizer merda de verdade! Um amontoado de bost...

— Eu entendi! Entra, vó.

Ela sorri educadamente, olha por cima do ombro para um carro esperando e levanta um dedo trêmulo. Ela arrasta o seu andador, com bolas de tênis e tudo.

— Eu vim para dar um jeito em você, mocinha!

Dar um jeito em mim? Que porra é essa? Contraio o rosto e ela franze o nariz para mim. Acho que não estou na minha melhor aparência.

— Em mim?

— Sim! Em você! — ela diz com firmeza, apontando um dedo ameaçadoramente para mim. — Por mais que me doa, tenho que te colocar na linha.

Dói nela? Impressionante. Acho que ela não gosta de mim tanto quanto gosto dela.

— Amo você de montão. Espero que, depois de ouvir o que tenho a dizer, você vá encontrar Damon, e então se beijem e se perdoem.

— O que quer dizer com ir encontrá-lo? — *Cadê ele? Meu coração dispara e eu entro um pouco em pânico. O pensamento de nunca mais vê-lo novamente é enlouquecedor e me deixa desesperada.*

— Vou chegar a isso em um minuto. Uma coisa de cada vez.

Concordo com a cabeça e faço o meu melhor para parecer calma e atenta.

— Então, recebi duas cartas dele hoje. Uma delas era para mim e a outra pra você. Na minha carta, ele disse que sabia que você, em algum momento, viria me ver e queria que eu entregasse essa a você. Mas, antes de tudo, você tem que saber que Damon não estava dirigindo.

— O quê?! — *eu grito.*

Ela balança a cabeça de um lado para o outro.

— Ele não estava dirigindo. Meu abominável filho bêbado era quem estava. Ele fez Damon dizer à polícia que foi ele quem destruiu o carro, porque ele era menor de idade e, principalmente, porque não estava bêbado. Damon sempre se culpou por não conseguir fazer Eddie parar e deixá-lo dirigir.

Oh, não. Inclino-me para frente, agarrando com força o meu estômago dolorido. Sinto-me doente. Não foi ele. Não foi culpa dele.

— Como ele pode pensar... Como... Não foi culpa dele. — *Atravesso a sala e sento ao lado da vó. Ela coloca sua mão* trêmula na minha e me deixa chorar por um momento.

— Eu tenho que vê-lo. Tenho que falar com ele! — Começo a procurar ao redor pelas chaves do carro, e então, ela estende um envelope para mim.

— Ele não está atendendo o celular e ninguém sabe onde ele está. Abra a sua carta e talvez ele tenha dito aonde foi. — Apanho o envelope da mão dela e o rasgo para abrir.

Minha Josephine,

Eu deveria ter sido mais inteligente naquele dia, deveria ter sido mais corajoso. Deveria tê-lo parado a qualquer custo. Se eu o tivesse feito, talvez nada disso acontecesse. Você nunca teria sido ferida. Poderíamos ter nos conhecido e passado nossas vidas juntos. Você precisa saber que eu passei incontáveis dias pensando em como poderia ter mudado o resultado daquele dia de verão, anos atrás. Se eu soubesse como as coisas acabariam, teria feito qualquer coisa para te poupar e à sua família daquela tragédia, pela qual me sinto responsável. Ele destruiu mais do que dois carros naquele dia. Ele destruiu a sua vida e a minha no processo. E eu era o único que poderia ter impedido tudo. Gostaria de ter estado no seu lugar, se pudesse. Eu faria qualquer coisa para poder te trazer felicidade. Garanto que serei somente mais uma memória para você. Você não terá que suportar a dor de me ver novamente. A angústia que vi em seus olhos há quatro dias foi muito mais do que eu jamais poderia suportar. Só espero que, talvez, um dia, você seja capaz de olhar para trás, para nós, e sorrir, lembrando a paixão e o amor que compartilhamos. Essas são lembranças que me atormentam e confortam, tudo ao mesmo tempo. Enquanto você foi minha, tornou tudo melhor. Você fez a minha vida melhor. Me fez uma pessoa melhor. Você foi o meu remédio. Fez a dor desaparecer. Meu passado é a única coisa da qual não posso escapar; sei disso agora. Por favor, saiba que eu faria qualquer coisa, daria tudo, para fazer as coisas direito. Quero te agradecer por me dar o maior presente que eu já tive. Pelo que pareceu ser um momento fugaz, eu vivi a felicidade com o seu amor. E nunca mais ter essa felicidade novamente é uma agonia que não consigo suportar. Meu coração é seu para sempre, Josephine. Eu te amo.

Damon
P.S.: Você merece o melhor.

Meus olhos enchem de lágrimas. O que ele quer dizer com "não vou vê-lo de novo"? O que ele quer dizer com "eu mereço o melhor"? Mereço o melhor, o quê? Meu coração bate tão forte no peito que mal consigo respirar. Vó puxa a carta da minha mão e a lê. Pulo do sofá e começo a procurar os sapatos. Pego as sandálias mais próximas e tiro minha roupa ali mesmo na sala de estar, na frente dela. Puxo uma blusa limpa sobre a cabeça e visto um short. Onde ele estaria? Não faço a menor ideia de por onde começar.

— O acidente — *ela murmura, enquanto olha para a carta.*

— O quê?

Sua cabeça grisalha levanta e vejo lágrimas em seus olhos.

— O local do acidente. Ele costumava ir lá e estacionar no acostamento. Ficava sentado por horas, até que eu fosse encontrá-lo. Você tem que ir buscá-lo.

Sem hesitar, pego as chaves em cima da mesinha de centro e corro para a porta. Pulo do degrau mais alto até embaixo, e quase caio de bunda na calçada. Corro para o carro de Sutton e arranco feito uma louca. Eu sei onde é o lugar, estive lá mil vezes também. Costumava sentar lá, quando estava deprimida, e ficar pensando na maman e no papa, e no rapaz que me tirou daquele carro. Pensei em Damon todos esses anos. Ele esteve na minha cabeça por tantos anos. Nunca esqueci o rapaz que não parava de dizer como ele estava arrependido e que iria se certificar de que ficaria tudo bem. Ele conseguiu. Realmente conseguiu que eu ficasse mais do que bem. Ele me encontrou de novo naquele dia na livraria e tudo mudou desde aquele instante. Tenho que encontrá-lo e dizer que a culpa não é dele. Tenho que dizer o quanto eu o amo.

Acelero e dirijo imprudentemente pelos arredores da cidade. Quando viro e entro na familiar estrada estreita, meu coração dói no peito. Uma angústia terrível se forma. Algo está errado. Eu sei. Posso sentir, assim como senti quando Sutton morreu. Meu pé afunda no acelerador e o carro corre ainda mais rápido. Continuo acelerando até que as luzes traseiras entram em foco. Inclino-me para frente, no meu assento, e observo com os olhos semicerrados.

— A picape! — Me aproximo da traseira dela e freio bruscamente, levantando poeira no processo. Jogo o carro no acostamento e saio às pressas. Não o vejo sentado lá dentro. Não há ninguém na porra da picape! Onde ele poderia estar? Corro até ela e subo no estribo para olhar dentro.

— Damon! — Ofego e desço do estribo. Abro a porta e o cheiro de álcool me atinge.

— Damon! Meu amor, acorda!

Subo na picape e uso toda a força que tenho para levantá-lo de sua posição deitada no assento. Consigo colocá-lo na vertical e então percebo que a melhor notícia se transformou na pior. Em sua mão sem vida, está um frasco de remédio controlado.

— Oh, meu Deus! Minha nossa! O que você fez? — grito. Pulo da picape e corro de volta para o carro.

— *Por favor. Cadê você? Por favor.* — Encontro meu celular e peço ajuda. Eu nem sequer espero o atendente falar qualquer coisa.

— *Por favor, ajude! Estamos no acostamento da Scenic Loop! Houve um acidente. Envie uma ambulância!* — Corro de volta para a picape e entro.

— *Oh, meu Deus! Amor, por favor, acorde!* — Dou uns tapinhas no rosto dele algumas vezes, mas ele não responde. Pressiono e mantenho dois dedos em seu pescoço e, em seguida, no pulso.

— *Não. Não. Não. Damon!* — Deito seu corpo pesado e mole no meu colo e balanço para trás e para frente.

— *Por favor, não! Você não. Não me deixe. Não me deixe. Eu te amo! Por favor, Damon!* — Ele não reage e temo que realmente tenha morrido. É minha culpa. A culpa é imediata e esmagadora. Deve ter sido assim que ele se sentiu durante anos. Meu pobre Damon! Meus lábios tremem enquanto as lágrimas derramam dos olhos.

Ouço a ambulância chegar e portas baterem.

— *Senhora, nós precisamos que você se desloque agora.*

Deslizo por debaixo dele e seu corpo, deitado no assento, não responde. Um policial me agarra pela cintura e me puxa para trás.

— *Damon! Por favor! Acorde!* — Assisto, impotente, quando eles puxam o corpo da picape e o colocam numa maca. Um paramédico se ajoelha de pernas abertas por cima de seu corpo e começa as tentativas de ressuscitação. E outros dois carregam a maca para a parte traseira da ambulância, com o paramédico ainda trabalhando em Damon.

Eu o conheci neste mesmo local, em circunstâncias

horríveis, há anos, e agora posso tê-lo perdido neste mesmo lugar. Não posso perdê-lo. Eu jamais poderia sobreviver a uma vida sem Damon. Caio de joelhos, e a dor da queda não é nem de longe comparada à dor no meu peito. Observo as luzes brilhantes da ambulância desaparecerem ao longe. Continuo olhando fixamente, paralisada de choque e medo. Eu não posso perdê-lo. Justamente agora que o encontrei.

Aqui estou eu, uma semana depois. Numa segunda-feira tranquila. Parada de pé no mesmo lugar em que estive na semana passada; lugar onde eu conheci meu Damon.

Capítulo Dois

Fora dos eixos

E então todo o eixo se inclinou... Meu mundo desabou, se tornando uma enorme bagunça distorcida. Toda a minha vida foi colocada em um espremedor, e sinto os efeitos. Estou como um zumbi, vagando sem nenhum indício do que ou como fazer. Não me lembro de alguma vez ter sofrido dessa maneira, nem mesmo quando *maman* e *papa* morreram. O homem que eu amo escolheu tirar sua própria vida, e não sei que raios fazer com isso. Encontrá-lo ali na picape, na beira da estrada, me devastou completamente. Senti terror verdadeiro e absoluto. Nunca na minha vida senti o pânico me dominar. Nem quando meus pais morreram. Nem enquanto eu vivia nas ruas. Nem quando soube que a loja estava falindo. Nem mesmo quando vi o Capitão deitado no chão com apenas um fio de vida. Ver Damon inconsciente, sem vida, provocou um nível inimaginável de medo.

Eu nem sequer sabia que esse nível de medo era *possível*.

Estou parada na porta do closet dele. Não sei o que estou fazendo. Só sei que eu preciso escolher uma roupa para ele, mas não faço a menor ideia do que ele escolheria se estivesse aqui. Nada de terno. Todas as vezes que o vi usando um era sempre aberto. Com gravata, mas frouxa; punhos desabotoados e enrolados; paletó descartado em algum lugar; botão superior aberto, revelando apenas o suficiente entre a clavícula e a base do pescoço.

Caminho ao longo do cabideiro. Ergo as mãos e elas, por

vontade própria, derivam pelas peças de roupa. Seguro várias nas mãos. Flanela. Cambraia desgastada. Camisas engomadas. Sei que estou apenas me torturando, mas me inclino e enterro o rosto no tecido. Procuro o cheiro dele. Quero imaginá-lo com essas roupas, neste closet comigo, conversando sobre nada em especial. Apenas nos tocando e observando. As roupas não têm o cheiro dele. Elas não cheiram a Damon, noto isso muito facilmente. Elas cheiram a limpeza, quase estéril, e isso só me traz de volta à realidade do que aconteceu. Eu o quero de volta. Namoro tempestuoso ou não, quero-o de volta; do jeito que ele era. Do jeito que eu o tinha. Quero meu Damon. Quero meu amor.

    Vontade de chorar é tudo o que sinto há dias. No início, eu soluçava. Chorava tanto e desavergonhadamente que quase fiquei doente. A sensação do ardor das lágrimas iminentes ainda está lá, mas agora elas não caem. Já ouvi a frase "chorei tudo o que tinha que chorar" antes, mas não acreditava nela. Achava que era só mais um daqueles provérbios estúpidos que as pessoas insistem em usar excessivamente. Grave como um infarto; a maçã nunca cai longe da árvore; o que vai, volta; e todas essas outras besteiras, eu geralmente ignoro. Na verdade, acho que ignoro quase tudo o que os outros dizem. Considero isso uma dádiva.

    Retiro as roupas que eu preciso dos cabides: camisa, calça, jaqueta e sapatos, e as arrumo perfeitamente em uma bolsa. Mecanicamente, coloco alguns dos meus objetos pessoais dentro, também. Pobre Hemingway, minha bolinha peluda não faz a menor ideia do que está acontecendo; ele só sabe que algo está errado. Cães sabem dessas coisas. Olho para baixo e lá está ele, meu pequeno Hemingway, olhos curiosos que quase somem dentro do pelo cinza desgrenhado. Agacho e bagunço ainda mais seu pelo, e o pego em meus braços.

— Vamos embora. Não adianta protelar. Vamos fazer o

que tem que ser feito, certo? — pergunto ao cão e me encolho quando me dou conta de que o estúpido provérbio saiu da minha boca. *Provérbios filhos da puta.*

Me movimento pela cobertura em transe, uma das mãos segurando a sacola de roupas de Damon e a outra abraçando Hemingway. Quando passo pela biblioteca, paro por um instante e sinto as lágrimas voltarem. Aguardo, na esperança de sentir as emoções que tanto sinto falta. Isso é um teste para o meu comportamento patológico autodestrutivo. Em algum lugar na minha cabeça perturbada, acho que, se eu conseguisse chorar muito, talvez me sentisse melhor; choraria tudo e acabaria logo com isso. Acho que sinto que, se eu chorar copiosamente e tempo suficiente, talvez o fardo da culpa possa ser atenuado.

— Que estúpida!

Fico olhando fixamente para a biblioteca, as prateleiras cheias de livros, a cadeira onde ele aprisionou minha mente, corpo e alma. Nenhuma quantidade de choro poderia apagar o que sinto. A culpa é minha por ele ter feito o que fez. Não permiti que me contasse toda a história sobre o acidente. Achava que era Damon quem estava dirigindo. O menino no local do acidente ficava dizendo que era sua culpa. Sempre presumi que isso significava que ele estava dirigindo. Se não o tivesse deixado, nada disso teria acontecido.

Abraço Hemingway com tanta força que ele solta um latido insultante, como se dissesse "pega leve, mulher!", e continuo no meu caminho. Fiquei de encontrar Brian, o fiel assistente pessoal de Damon, em meia hora, para resolvermos os temidos "detalhes", e já estou atrasada. Não estou ansiosa por isso, mas sei que tem que ser feito.

Fecho a porta da cobertura o mais silenciosamente possível, e então, de repente, sinto como se tivesse fechado oficialmente as portas para o nosso futuro.

Trinta minutos mais tarde, estou no meu escritório na loja. Coloco minhas coisas no canto e dou uma olhada pelo lugar. A reforma foi adiada, e uma espessa camada de pó de gesso está por cima de tudo. Caixas estão empilhadas em grupos de quatro ou cinco, espalhadas por toda a loja deserta. A velha caixa registradora foi aposentada para dar lugar a uma mais moderna, com sistema informatizado. O lugar tem um odor estranho sem os livros nas prateleiras exalando o cheiro de tinta e papel ao qual sou familiarizada.

— Muito ruim, hein? — falo com Hemingway. Ele bufa um profundo suspiro e se instala em sua caminha macia, debaixo da minha mesa. — Sim, eu sei que está uma bagunça. — Olho para baixo, para o meu filhote, e o encontro dormindo. Ótimo! *Estou falando sozinha novamente.*

A bolsa que eu trouxe da cobertura fica me encarando à espera do que fazer com ela, então decido começar a agir. Não tenho muito tempo até que Brian chegue, de forma que tenho que me apressar. Coloco as roupas de Damon que separei cuidadosamente para Brian de um lado da minha mesa e, do outro lado, a bolsa com os meus objetos pessoais. Guardo minha pequena cafeteira, enfio um punhado de canetas na gaveta da mesa, jogo diversos produtos de higiene pessoal na minha bolsa, e arrumo uma foto recém-emoldurada do Capitão no canto da mesa.

Só consegui mandar emoldurar a foto essa semana, e a peguei agora, no meu trajeto para a loja. Eu queria uma lembrança do Capitão, então, eu, descaradamente, vasculhei a casa dele à procura de uma foto e finalmente a encontrei em um baú velho no sótão. Quase tive insolação pelo tempo que fiquei lá em cima vasculhando as coisas. Estamos em agosto e o calor do deserto é terrível. No momento em que encontrei a foto, eu já estava pingando de suor, mas valeu a pena. É uma foto do Capitão muito mais jovem, de pé em frente à loja, parecendo todo orgulhoso. A nota escrita à mão na parte de trás diz: "*Grande Inauguração, 3 de abril de 1972*". Quando a puxei da pilha de papéis e outras fotos, soube na mesma hora que era exatamente essa que eu precisava. Só fazia dois dias que eu tinha encontrado Damon, e estava um desastre emocional e com uma necessidade louca de ver o Capitão. Eu queria falar com ele, o que obviamente não era possível. E prefiro conversar com uma fotografia a uma lápide. Passei os dedos por todo o contorno do rosto dele na foto e chorei por uma hora, sozinha em um sótão escaldante. E não chorei desde então.

A foto se encaixa perfeitamente na mesa. Quando a reforma da loja terminar, acho que vou levar esse porta-retrato lá para frente, perto da caixa registradora, para que ele possa ver no que a sua loja se transformou. Seja como for, sei que ele está olhando por cima do meu ombro, lá de cima; ele pode muito bem estar do outro lado, se lembrando de tudo aqui. Sinto tanta saudade. Gostaria de poder jogar com ele batalha da inteligência, comer aquela merda de comida chinesa. Sinto muito a falta dele, especialmente agora.

Nunca tinha me dado conta de que a minha ligação com o Capitão era tão forte; e ainda é, mesmo que ele não esteja mais aqui. Eu o amava e, agora que ele morreu e me nomeou sua herdeira, sei que o velho maluco me amava também. Nosso relacionamento parecia ser baseado na tolerância mútua, e não sei se poderia ter sido de outra forma. Sou um desastre e ele também. Ele falava muito pouco sobre seu divórcio complicado e da família distante; não sei exatamente o que motivou esse resultado, mas sei que isso o destruiu. Fez dele um homem solitário e amargo, por isso, fomos solitários e amargos juntos. E funcionou para nós. Eu tive alguém para tomar conta e ele também. Tivemos uma ligação, mesmo que não tenhamos reconhecido.

Um nó cresce na minha garganta e faço o meu melhor para engoli-lo antes de sufocar. Ainda nenhuma lágrima. Se ele estivesse vivo, eu o abraçaria tão apertado quanto possível, e lhe diria que está tudo bem sermos dois fodidos porque, pelo menos, somos dois fodidos juntos. Mesmo perturbadas, todas as pessoas danificadas precisam de alguém para amar e confiar. Talvez seja por isso que Damon e eu nos demos tão bem e tão rápido; tive muita prática convivendo com o Capitão, triste e danificado.

— *Toc-toc!*

Desligo-me das minhas emoções, saio do escritório e vou para a loja, onde encontro Brian de pé e sem jeito no meio da obra, com uma bolsa grande de lona pendurada no ombro. Ele é o típico homem gay que está *muito* fora do armário. Na verdade, é bem provável que nunca tenha estado dentro de um. Acho que ele já nasceu vestindo jeans skinny, blazer moderno e óculos de grife.

Respiro fundo para recuperar a compostura após o meu momento amuado.

— Entre! — chamo tão radiante quanto consigo. — Cuidado com essas merdas empilhadas por todos os lugares. Isso aqui está uma maldita zona de guerra.

— Nossa, querida, põe zona nisso — ele diz, enquanto examina o local com um olhar criterioso.

— Venha, é por aqui. — Gesticulo de volta para o escritório do Capitão; meu escritório.

Brian me segue, abrindo caminho através das pilhas de caixas e material de obra. Ele pega minha cadeira velha e a puxa para se sentar perto de mim. Nos acomodamos e nos encaramos por um momento.

— Como você está, docinho? — ele pergunta, acariciando

suavemente a minha mão.

Inspiro profundamente e deixo o ar bater no fundo dos pulmões antes de expirar. Inclino-me para trás na cadeira bamba do Capitão e olho para o teto por um momento, disposta a permanecer composta. Tento me lembrar de que Brian também pode estar passando por um momento difícil. Ele e Damon eram próximos, se conheciam há anos. Brian foi assistente de Damon por muito tempo. Ele passava mais tempo com Damon do que qualquer outra pessoa.

— Isso vai melhorar, docinho. Eu prometo. Você não pode se martirizar, ok? — Brian tenta soar completamente paternalista, mas não consegue. Sua voz é suave e melódica e, de repente, eu quero lhe contar tudo.

Claro que me martirizo! É tudo culpa minha. Eu poderia tê-lo parado. Poderia ter evitado tudo isso. Mas não evitei e estou pagando por isso. Eu mereço sofrer. Prendo-o no lugar com um olhar ameaçador que grita "cala a boca!". O problema é que Brian tem mais atitude do que eu e sabe dar um olhar ameaçador como um profissional. Ele ergue as sobrancelhas depiladas, torce os lábios cobertos de gloss e estala a língua para mim. Eu juro, este homem baixinho, de cabelos loiros, olhos azuis e totalmente gay, está invadindo território inimigo. Mas não dou importância ao que ele fala. Quem sabe eu poderia recorrer a outro amigo?

— Acredite, esse seu olhar de reprovação não muda o fato de que eu estou certo. — Ele semicerra os olhos e cruza os braços, balançando dramaticamente a cabeça de um lado para o outro.

Estou numa briga interna entre rir e desmoronar. Não sei se vou ou se fico e tudo isso ainda parece um pesadelo. E Brian tem me ajudado. Gosto de sua atitude descarada. Ele é sincero, sem meias palavras e não leva desaforo de ninguém.

Eu o admiro. Ele tem estado ao meu lado desde que encontrei Damon no acostamento da estrada.

Se não fosse por Brian, meu quase-amigo gay, e Noni, minha quase-amiga de meia-idade, eu realmente estaria sozinha. Eu pensava que era solitária antes, mas estava errada. Na verdade, deixei de ser há muito tempo. Eu, nos últimos sete anos, tive o Capitão e a Noni. Nunca percebi que, apesar de eles não serem minha família de sangue, foram a que escolhi. Nós tínhamos uns aos outros e isso deve ter sido suficiente. Eu tive Damon por pouco tempo, e agora, Brian aderiu ao status. Pode ser banal para a maioria das pessoas, mas não para mim. Agora entendo o que eu tinha e o que tenho. Estou criando o meu próprio pequeno sistema de apoio familiar.

Finalmente concordo com a cabeça. Eu não deveria me sentir culpada por qualquer coisa que aconteceu, sei disso na teoria. E embora meu coração não concorde, vou apaziguar o meu novo amigo por enquanto.

Ele dá um pequeno sorriso, pega seu tablet na bolsa e o abre em uma lista de verificação.

— Trouxe as roupas dele?

Essa menção faz este pequeno escritório parecer ainda menor. *Roupas dele.*

Eu me inclino para frente, fazendo a cadeira chiar, e descanso a testa nos meus braços cruzados.

— Trouxe — murmuro fracamente.

— Ok, ótimo. — Ele consulta a lista. — Marquei uma consulta com Dr. Versan para você. É só aparecer, tá?

— Tá bom. — Eu tenho muito pouco interesse em ver o Dr. Versan, mas admito que talvez ele saiba um pouco sobre essa merda de psicologia e me faça pensar, embora não necessariamente falar sobre as coisas. Além disso, agora, por causa de tudo com Damon, preciso ver Versan regularmente. É a única maneira de lidar com isso.

— E você conversou com Bernice?

— Vó — eu o lembro. — Chame-a de vó quando você encontrá-la. Ela odeia ser chamada de Bernice.

— Tá bom. Vó. E ela conversou com o Edward? Discutiram nossos planos?

Estremeço só de lembrar do idiota do pai de Damon.

— Sim, ela tem estado em contato com Edward — eu confirmo. — Ele sabe, mas não vai estar lá.

Brian assente e clica em mais alguns itens no tablet, fazendo anotações.

— Bem, estou pronto quando você estiver — ele finalmente diz, desligando o tablet e o empurrando de volta em sua bolsa de lona.

Gemo por dentro, sabendo o que tenho que fazer. Isso vai levar toda a força que tenho, mas não há outra opção. Eu não tenho escolha. Damon tomou essa decisão por mim. Recolho Hemingway da caminha e o entrego a Brian.

— Tudo bem, vamos lá.

Capítulo três

Prêmio de consolação

Dou duas batidinhas na porta entreaberta do quarto 210 e entro o mais silenciosamente possível. Vejo minha enfermeira favorita, Diane, verificando os sinais vitais de Damon, e espero pacientemente que termine sua rotina. Ela tem sido a enfermeira diurna desde que ele chegou aqui há uma semana, e eu a adoro, muito mais do que as enfermeiras da noite. Ela é uma mulher mais velha, simpática e acessível. Sempre me pergunta como estou e faz o que pode para me fazer sentir confortável. Ela nunca ri das minhas perguntas e sempre me dá o máximo de informações que pode. Nunca foi condescendente. Gosto muito mais dela do que dos médicos que vi entrando e saindo desse quarto.

Ela se vira quando me ouve entrar em silêncio. Seu pequeno sorriso me diz que nada mudou e sinto-me ainda mais derrotada, mas ainda assim quero perguntar, só por via das dúvidas. Ela acena com a cabeça, indicando que dali a pouco conversará comigo, dá um tapinha na mão grande de Damon, e se afasta da cabeceira da cama dele.

— Acho que esse é o tempo mais longo que você ficou ausente desde que ele foi internado — ela diz com um sorriso observador.

Nossa! Só me ausentei por algumas horas! Sei que ela não está criticando, mas seu comentário me faz sentir culpada. E, aparentemente, ela consegue ler pensamentos porque, quando baixo o olhar para meus pés, ela continua.

— Estou feliz por você ter conseguido fazer uma pausa, Jo. Não há nada de errado em se afastar por um tempo. Às vezes, isso pode te dar uma nova perspectiva.

— Eu só fui resolver algumas mer... quero dizer, coisas, com algumas pessoas e preparar a volta dele para casa. Estou com medo. — As palavras saem da minha boca antes que eu me dê conta e me sinto uma idiota. Ela não é psiquiatra, por que precisa saber que estou com medo de levar Damon de volta para casa?

Sua mão repousa no meu braço e ela dá um aperto reconfortante.

— Apenas dê tempo ao tempo. Ele voltará a ser o que era. Ouvi dizer que o Dr. Versan é um dos melhores. Ele vai ajudá-lo. É só ter paciência e fé.

Eu quase jogo a mão dela longe com a menção da palavra fé. Eu não tenho fé em coisa alguma, muito menos na capacidade do Dr. Versan de curar pessoas em estado apoplético como o de Damon. Diane me dá um daqueles sorrisos simpáticos que eu tanto desprezo e passa por mim para sair do quarto.

Sou deixada aqui de pé, nervosa, ao lado do meu amor, só que ele não é mais o meu amor. Não faço a menor ideia de quem seja esse homem deitado na cama, mas com certeza não é o Damon que eu conheço e amo. O Damon por quem me apaixonei parece ter morrido ou ido para algum lugar bem longe daqui. Desejo mais do que tudo no mundo que eu saiba como trazê-lo de volta, mas estou perdida. Tenho tentado com todas as forças, há dias, fazê-lo olhar para mim, dizer algo, qualquer coisa.

Ele não fala. Não reage a nada. Apenas fica ali, imóvel e inexpressivo. Quando fui autorizada a vê-lo, depois que ficou estável, corri para o lado dele e segurei seu rosto em minhas mãos. Chorei tanto e fiquei tão aliviada que cheguei a sentir dor no peito. Segurei sua mão na minha e a apertei. Ele não apertou de volta. Lágrimas caíram dos cantos de seus olhos apáticos, mas, desde então, nada. Eu sei que ele sabe que estou aqui. Sei que pode ouvir e ver todos. Dr. Versan me explicou tudo. Quando percebi que ele estava assim... sem vida, pirei e insisti que os médicos fizessem mais exames. Eu tinha certeza de que ele tinha sofrido algum tipo de dano cerebral ou *mais alguma coisa*, que estava causando o seu silêncio. É claro que, depois que eles ameaçaram chamar a segurança, pela segunda vez, calei a boca e ouvi. Não que eu não acreditasse neles, era mais como... aceitar a realidade dói. Dr. Versan e todos os outros médicos entravam e saíam o tempo todo, e os enfermeiros me disseram que isso acontece muitas vezes; quando uma pessoa fica muito abalada e traumatizada, ela simplesmente se fecha, se desliga do mundo e se isola em seu próprio mundo.

Ouvi tudo o que eles disseram. Não duvidei da equipe médica, eu só não queria acreditar que o amor da minha vida se recusou a falar comigo.

Damon se mexe na cama e, instintivamente, corro até ele. Sei que ele sabe que estou aqui e acho, ou pelo menos quero acreditar, que seu movimento é sua maneira de me chamar até ele. Talvez eu esteja louca. Já nem sei mais o que pensar. Largo minha bolsa no chão ao lado da cama.

— Oi. Ei, você está bem? — Sento-me na beira da cama e pego uma de suas grandes mãos. Acaricio o dorso com os dedos e rezo para... quem quer que seja, que ele finalmente saia dessa, que fale alguma coisa para mim. Seu silêncio é insuportável. Prefiro que ele abra a boca e diga "vai se foder" a vê-lo sentado aqui vegetando.

O bom Dr. Versan chama isso de transtorno de estresse agudo. A maneira como ele explicou foi como algo saído de um filme, mais ou menos como quando alguma coisa terrível acontece com uma pessoa e ela começa a agir como um zumbi, e outra pessoa bate em seu rosto para fazê-la voltar à realidade. Parece ridículo na TV, mas isso é um transtorno de verdade. Não consigo me imaginar tão traumatizada a ponto de me perder dentro da minha própria cabeça. Parece impossível, mas as evidências mostram que não é.

Damon parece muito... ausente. Não faço a menor ideia de onde ele está ou de como trazê-lo de volta, mas não vou desistir. Disseram que ele vai voltar a si e que até pode sofrer perda de memória do evento. Se ele não lembrar de nada, como poderei lidar com tudo isso? Devo lembrá-lo de que fui embora sem lhe dar uma chance de se explicar e ele acabou no acostamento daquela estrada sem pulsação? Só de pensar nisso meu estômago revira e meu coração acelera. Bem, vou deixar para pensar nisso quando chegar a hora.

Ele continua deitado, não me dando um pingo de prova de que estou falando com o *meu* Damon. Não me interessa onde ele está. Eu sei, no fundo do meu coração, que, onde quer que esteja em sua cabeça, ele quer sair. Quer voltar para mim. Ele tem que voltar.

Desloco-me na cama para ficar de frente para ele. Seguro seu rosto com as duas mãos e viro a cabeça dele para olhá-lo nos olhos.

— Eu sei que você pode me ouvir. Amor, diga alguma coisa. Por favor. Apenas balance a cabeça.

Seus olhos cor de âmbar, que normalmente são intensos e queimam de tanto entusiasmo, estão vazios. Vê-lo assim, tão sem vida, me deixa em frangalhos. Sei que não estou falando com o Damon, eu sei, estou falando com seu escudo.

— Ouça-me, Damon. Não vou desistir de você. Sei que você está em algum lugar e juro que vou te trazer de volta. Eu prometo.

Seu olhar indiferente me lembra de que ele não vai responder. Isso dói. Tudo o que eu mais quero é que ele me pegue em seus braços e me puxe para a cama com ele. Por enquanto, isso são só devaneios. Dou-lhe um sorriso falso e beijo sua bochecha. Sei que sou uma completa idiota por fingir um sorriso, mas é o melhor que consigo agora. É tudo o que consigo. É foda demais!

— Você vai para casa daqui a pouco. Eu te trouxe algumas roupas confortáveis. Brian está aqui comigo.

Ao ouvir o seu nome, Brian, que estava jogando no celular, no corredor, se junta a nós.

— Oi, amigo. Pronto para ir para casa?

Nada.

Disparo a falar sobre coisas bobas para preencher o silêncio.

— Dr. Versan vai nos acompanhar até em casa e ajudar a nos instalarmos na cobertura. Já está tudo pronto lá pra você. Eu trouxe o Hemingway, quer vê-lo? — Odeio conversa fiada. Por que as pessoas fazem isso? É irritante! Odeio ter vontade de preencher esse maldito silêncio, mas encará-lo me deixa muito desconfortável.

A cada segundo que passa, mesmo sem uma semelhança com o meu Damon, a verdade se solidifica ainda mais. Ele se foi e eu tenho que encontrá-lo. Tenho que trazê-lo de volta. Tenho que fazê-lo acreditar que eu acredito. O acidente não foi culpa dele e nós fomos feitos um para o outro. O passado trágico que se dane.

Ouço uma batida na porta, olho para cima e vejo o Dr. Stephens, acompanhado do Dr. Versan. Dr. Stephens é um homem negro bonito, que vive sorrindo. Ele foi o primeiro médico que veio conversar comigo na sala de espera. Ele tem sido ótimo com Damon e foi paciente comigo quando fiz aquela cena.

— Ora, se não são os homens que eu preciso ver. A papelada da alta dele está pronta?

— Está sim, Srta. Geroux, está tudo pronto — afirma o Dr. Stephens com um sorriso ensaiado. — Você receberá uma cópia de todas essas coisas antes de ir embora. Eu incluí uma lista de coisas que quero que você fique atenta, mas não quero que se preocupe. Fisicamente falando, Damon está bastante saudável. O peito dele provavelmente está muito dolorido por causa da ressuscitação e ele pode sentir algum desconforto digestivo devido à lavagem gástrica. Mas, fora isso, apenas se certifique de que ele volte para um acompanhamento em duas semanas.

Concordo com a cabeça, e Dr. Stephens estende a mão, que aperto com outro sorriso forçado.

— Obrigada, Dr. Stephens.

— Vou deixá-lo nas mãos competentes do Dr. Versan agora. Cuide-se, Srta. Geroux. Damon, te vejo em duas semanas.

Eu não estou olhando para ele, mas sinto o olhar de Versan me avaliando. Começo a recolher as coisas enquanto rezo para que a enfermeira entre logo aqui para nos libertar desse hospital.

— Como você está, Josephine? — *Bingo. Lá vem o psiquiatra.*

— Estou bem. E vou ficar melhor ainda quando sair daqui. — Finjo que estou ocupada conversando com Brian e organizando as roupas de Damon, esperando que ele guarde essa porcaria de médico psiquiatra para outro dia. Talvez no dia em que eu estiver presa em seu consultório, observando-o escrever quem sabe o que em seu bloco de anotações.

— Você não parece bem.

Cerro o maxilar e, por um instante, acho que vou enlouquecer e perder a paciência aqui neste quarto de hospital.

— Não, não estou. Guarde essa merda para a minha consulta. — Entramos em competição de nos encarar por um momento e fico grata por ganhar essa parada. — Certo? Vamos ficar bem. Temos o Brian e, além do mais, sei que você ficará indo e vindo fazendo consultas domiciliares, não é mesmo?

Ele assente e eu respiro fundo, aliviada. Estou me cagando de medo de voltar com Damon para casa. E se ele fizer alguma loucura? E se ficar doente por causa da lavagem estomacal? Não sou da área da saúde, então, dizer que estou nervosa sobre brincar de enfermeira com ele é um enorme eufemismo. Nunca cuidei de alguém de verdade. Não assim. Estou apavorada. Por mais que eu não queira admitir, vou precisar do apoio de Brian e do Dr. Versan.

— Srta. Geroux?

Ergo bruscamente a cabeça e vejo a enfermeira da noite. Aparentemente, a mudança de turno aconteceu enquanto eu estava tentando quebrar o escudo de Damon. Esta é a enfermeira superfeliz, com cachos saltitantes e sorrisos constantes.

Ela estende uma prancheta e uma caneta.

— Leia estas instruções de reabilitação e assine embaixo, por favor. Você tem alguma pergunta?

Seu tom é um pouco animado demais e isso me irrita. Por que ela tem que estar tão feliz? Eu não estou feliz. Estou com medo, preocupada e com sentimento de culpa. Nego com a cabeça, me recusando a fazer perguntas. Na verdade, tenho toneladas delas, mas agora a única coisa que quero é tirá-lo daqui. Quero levá-lo de volta para a cobertura e fazê-lo melhorar. Quero ficar deitada na cama com ele até que saia dessa merda.

Ela arranca o esparadrapo da mão dele para retirar o cateter do soro. Ele nem sequer hesita. O restante da parafernália presa é rapidamente removido e observo intrigada como ela se move ao redor dele. É como se o corpo dele estivesse seguindo o fluxo, mas sua mente está desligada em algum outro lugar. Ele é a coisa mais parecida com a porra de um robô que eu já vi.

— Você precisa de ajuda para vesti-lo?

Eu a ouço, mas não registro nada.

— Srta. Geroux?

Brian me cutuca.

— Jo!

— Hum? — Paro de olhar fixamente para Damon e volto meu olhar para o dela.

— Você precisa de ajuda para vesti-lo?

— Não. Eu consigo — respondo um pouco áspera. *Lá estou eu sendo uma cadela, sem querer, novamente.* — Brian vai me ajudar.

Brian tem sido como uma abelha em cima do mel. Ele tem estado perto de mim quase o tempo todo, como uma sombra, desde que entrou no quarto.

— Fico feliz em ajudar. Você vai precisar dos meus músculos para conseguir vestir esse tonto.

— Tudo bem. Me chame no posto de enfermagem, se você precisar de alguma coisa. Fora isso, está tudo pronto. Boa sorte para vocês dois. — Ela ignora o meu "momento cadela" facilmente e me dá um tapinha no ombro.

Vejo-a sair e me viro para encarar Versan.

— Vou esperar no corredor. — Ele se levanta da cadeira que está encostada na parede e sai do quarto, fechando a porta.

Brian pega as roupas que trouxemos e as leva na direção de Damon, que nem sequer o reconheceu.

Estico o braço para detê-lo.

— Deixe-me tentar sozinha, ok, Brian? — Respiro fundo. — Vou precisar praticar para fazer isso sem ajuda.

— Tem certeza, docinho? Fico feliz em ajudar. — Ele se flexiona como um completo idiota e abafo uma risadinha.

— Não, na verdade não. Mas eu consigo. — Provavelmente peso uns dez quilos a mais que ele, portanto, não tenho certeza se ele seria de muita ajuda, de qualquer maneira. — Vá falar com Dr. Versan. E você pode trazer o carro?

Brian coloca as roupas em cima da cama, dá um tapinha no meu ombro e, em seguida, aperta a mão de Damon.

— Pega leve com ela, amigo. Nós vamos te levar para casa daqui a pouco. — Ele pega a bolsa com o Hemingway, que está cochilando, como de costume, e nos deixa sozinhos.

Sozinhos.

É isso aí.

Respiro fundo e deslizo a mão por baixo de suas costas para levantá-lo. Não tenho que fazer muito esforço. Seu corpo responde como uma máquina. É absolutamente devastador.

Coloco as calças de corrida em seu colo e espalho o resto das roupas na cama, ao seu lado. Assim que separo tudo na ordem em que vou vesti-lo, ligo minhas mãos em suas costas, por debaixo dos braços dele, induzindo-o a se levantar. Ele obedece num verdadeiro estilo zumbi.

— Vou te ajudar a se vestir — explico, enquanto desamarro a camisola do hospital de sua nuca e, em seguida, no meio das costas. O tecido desliza pelos ombros e para amontoado aos nossos pés. Ele está completamente nu e parece não notar.

Pressiono as mãos em seus ombros, forçando-o para baixo.

— Sente-se. — Ele senta na lateral da cama. Com as meias e a cueca boxer nas mãos, eu me agacho a seus pés. Seus olhos não desviam do que quer que estejam focados. Visto as meias e depois a cueca até onde consigo com ele sentado. Faço o mesmo com a calça.

— Levante — eu digo baixinho quando ligo minhas mãos novamente em suas costas, por debaixo dos braços. Ele faz o que digo, assim como antes, sem um sinal de coerência. Consigo subir facilmente a boxer e a calça. Endireito o cós da calça e, novamente, pressiono as mãos em seus ombros, fazendo-o sentar. Ele obedece. Pego a camisa e coloco por sua cabeça, guiando os braços nas mangas. Pronto! Ele está totalmente vestido, mas não se mexe. Dificilmente pisca. Nada.

Vê-lo tão desanimado me destrói. Ele é como uma cobra que está trocando de pele. Este Damon tem forma e marcas de seu antigo eu, mas está frágil e vazio. Parece que meu amor morreu naquela picape e deixou esta pele e sombra como um prêmio de consolação para mim, por provocar este desastre. Se é disso que se trata, eu mereço o meu castigo.

Corro os dedos por seu rosto e faço o meu melhor para reunir um pouco de coragem. A tarefa diante de mim é desencorajadora e me assusta, mas a alternativa é muito pior. Posso trazê-lo de volta para mim ou perdê-lo para sempre. A ideia de nunca mais tê-lo de volta do jeito que ele era é apavorante. Rouba o ar dos meus pulmões.

Eu vou encontrá-lo.

Vou trazê-lo de volta para mim.

Tenho que trazer.

Meu desejo de reconquistá-lo não é apenas por ele. A necessidade de salvar Damon de seu próprio inferno pessoal representa a autopreservação na sua forma mais pura.

— Hora de ir, gostosão.

Capítulo Quatro

No escuro

— Obrigado por nos ajudar a subir, Howard — Brian diz, deslizando para o porteiro uma generosa gorjeta.

Sinto pena de Howard. Ele parece confuso e um pouco perplexo. Damon está sempre no controle. Tenho certeza de que ver seu chefe parecendo um zumbi o deixou apavorado.

— Sem problema, Brian. Jo. — Ele hesita, balançando a cabeça. — Se precisar de mim, estou às ordens.

— Obrigada — eu digo para suas costas, enquanto ele sai apressado da cobertura e volta ao elevador. *Sim, ele está com medo.*

Dr. Versan nos observa em silêncio; e tem sido assim o dia todo. Nem sei se em algum momento fez uma pausa. Ele poderia muito bem pegar a porra da caneta e começar a escrever, porque posso dizer que ele está observando tudo mentalmente. É irritante. Acho que ele tem alguma coisa em mente no que se refere a mim e quero saber que merda é.

— Então, qual é o plano de jogo, doutor?

Ele dá um sorriso forçado para a minha atitude excessivamente casual.

— Eu quero você no meu consultório amanhã de manhã. Às nove horas.

Minhas sobrancelhas arqueadas expressam exatamente

o que estou pensando. *Que porra é essa?* Atiro punhais com os olhos em Brian.

— Esta é a consulta que você marcou? — eu exijo.

Brian levanta as mãos em sinal de rendição simulada.

— Não, não, senhora irritadinha! Marquei uma para você na semana que vem! Eu juro!

— Hmm... — Não sei se acredito ou não. — Você quer dizer para nós dois, né?

Ele nega com a cabeça.

— Não, só você. Me ligue imediatamente se precisar de mim.

Quero explodir verbalmente, mas decido que manter a boca fechada é provavelmente a melhor opção. Se eu começar, não sei se vou conseguir parar. Não fui eu que tive um grande colapso. Claro, tenho problemas, mas não tentei me suicidar recentemente. Cuido de Versan amanhã.

— Pode deixar. Te vejo amanhã de manhã.

O médico assente e se vira para ir embora.

— Brian, acho que Josephine e Damon vão ficar bem por enquanto. Ela nos avisará se precisar de alguma coisa.

— Eu só vou comprar alguma coisa para o jantar — diz Brian. — Estarei de volta em mais ou menos uma hora. — Ele se despede do Damon zumbi e me envolve em um forte abraço. — Boa sorte, docinho — ele sussurra.

A porta da frente se fecha e sou deixada completamente sozinha. Na última vez em que estive sozinha na cobertura com Damon, ele estava de joelhos implorando para eu ficar. *Por que eu não fiquei?!*

Olho para Damon zumbi e vejo que ele se sentou naquele moderno, feio e duro como uma rocha sofá. Silenciosamente, prometo apertar o pescoço da Srta. Barbie decoradora por ter escolhido mobílias tão desconfortáveis para as áreas comuns.

— Você assustou o Howard. Seria bom se fosse falar com ele. Mandá-lo fazer alguma coisa para que ele se sinta melhor.
— *Nossa, será que o estou repreendendo? Isso não vai ajudar.* Coloco minha bolsa no chão e preguiçosamente me aproximo de onde ele está sentado. Eu estava nervosa por ficar sozinha aqui com ele, mas, agora que estamos, me sinto mais confortável do que imaginei. Sento-me ao seu lado e espero, em vão, por uma resposta. Sei que ele não vai falar merda alguma, mas isso não me impede de ter esperança.

Esperança é, sobretudo, um conceito estranho para mim, mas, quando está relacionada a Damon, eu tenho toda a esperança no universo, multiplicada por um milhão, o que ainda não a descreve com precisão. Quem diria que a esperança pode ser tão frustrante e tão assustadora? Sinto como se eu estivesse em um jogo de azar, e a aposta fosse inevitável. Meu coração é a aposta no feltro e oro a Deus, ou a quem quer seja, que apenas deixe sair as cartas certas; só desta vez. Se tê-lo desse jeito for o meu destino pelo resto da minha existência, então o aceitarei feliz. Ficarei satisfeita e nunca desejarei mais. O homem no qual meus sonhos e esperanças residem está sentado imóvel ao meu lado, em silêncio. Quem me dera saber o que dizer neste momento para conseguir tirá-lo desse... atordoamento.

Uma coisa é certa: forcei tanto meu cérebro nesses últimos dias que não tenho nada para mostrar. Exceto olheiras por falta de sono. Estou exausta. Esgotada. Fisicamente, emocionalmente e mentalmente. Estou por um fio. Inspiro profundamente pelo nariz e reprimo um bocejo. Coloco a mão no rosto de Damon e o acaricio, passando os dedos pela barba que cresceu desde o acidente.

— Isso precisa ser aparado.

Nenhuma resposta.

— Você parece cansado. Deite aqui.

Nenhuma resposta. Deslizo meu corpo pelo sofá e puxo seu braço para forçá-lo a deitar. Ele se deita de lado, com a cabeça em meu colo. Entrelaço os dedos em seu cabelo escuro e bagunçado. *A sensação é a mesma para mim. Será que é a mesma para ele?*

— Eu quis dizer exatamente o que disse — sussurro. — Eu te amo. Não vou desistir. Vou te ajudar a sair dessa. Se tiver que esperar, eu espero, não importa o tempo. — O bocejo que reprimi uns instantes atrás se recusa a ir embora e o cansaço vence a vontade de permanecer acordada. Inclino a cabeça para trás e fecho os olhos, os dedos ainda emaranhando seu cabelo.

— Jo.

Assusto-me e abro os olhos. Por instinto, tateio pela escuridão. *Por que está tão escuro aqui dentro?*

— Jo.

Ouço alguém me chamando, mas não consigo ver nada; o quarto está escuro como breu. Tento me localizar e percebo que estou na cama de Damon. *Caramba, como vim parar aqui? Eu estava no sofá.* Estendo a mão para o abajur da mesinha de cabeceira, mas ele não está lá. Começo a entrar em pânico à medida que vou despertando. *Alguém está me chamando. E não é a voz de Damon.*

— Olá, quem está aí? — Agora estou totalmente desperta e em pânico. Quem tirou o abajur daqui? Onde está Damon? Quem está aqui?

— Jo, sou eu. — A familiar voz rouca me atinge como um gancho de direita na boca.

— C-Capitão? — eu forço as palavras. — Capitão, é você?

— Eu sou o seu único Capitão, não é?

Seu comentário espirituoso ameniza o meu pânico, mas ainda estou muito confusa. Por que as luzes estão apagadas? Como eu cheguei à cama? Como eu o estou ouvindo agora?

— Eu... Como... como você está aqui?

Sua característica risada me aquece por dentro. *Isso não pode ser real.*

— Eu estou sempre aqui, Jo. Nunca fui embora.

Sua voz está mais suave do que já ouvi e minhas lágrimas caem a pleno vapor. Talvez seja o que ele disse ou quem sabe uma combinação de tudo o que aconteceu, mas, de qualquer forma, estou aos prantos. *Finalmente.*

— Eu quero te ver. Acenda as luzes.

— Você não precisa me ver para saber que estou aqui. Saiba sempre disso. Só porque não pode me ver, não significa que fui embora. Não saio de perto de você e nem seu pai e sua mãe.

— Por favor, eu quero te ver! — grito em desespero.

— Sei que você não gosta de ficar no escuro. Ninguém gosta.

— Por favor! — Sinto mãos apertarem meus ombros. Isso me assusta pra cacete. Fecho os olhos bem apertados. — O que é isso?! Por favor, acenda a luz!

— Docinho, acorda!

Abro os olhos e estou no sofá, olhando para o rosto de um Brian muito pálido.

— Merda! — eu grito, arquejando para recuperar o fôlego.

— Sonho ruim? — ele pergunta, se sentando à minha frente, numa outra merda de sofá supercaro.

Levo as mãos ao rosto para esfregar os olhos, ainda sonolentos. Meu rosto está molhado de lágrimas. Com as mãos cobrindo o rosto, suspiro profundamente. A sala parece vazia e dez vezes maior do que é. *Meu Deus!*

— Damon! Onde está o Damon? — Pulo do sofá e começo a andar rápido pela cobertura, verificando os cômodos. — Damon!

Nenhuma resposta.

Nenhum sinal dele.

Merda! Brian está bem atrás de mim, checando o lugar junto comigo. Abro a porta de um banheiro de visita. *Nada.*

— Vou verificar os quartos de hóspedes — diz Brian, parecendo tão preocupado quanto eu. Ele corre pelo corredor em direção dos quartos.

Escritório. Corro até lá num borrão. A porta está fechada e nem perco tempo em bater. Sei que ele está lá. Estou morrendo de medo de abrir a porta. *E se...*

Tiro esse pensamento da cabeça e decido entrar. A maçaneta é fria ao toque à medida que eu, lentamente, a giro e abro. A porta se abre em um ritmo lento. Dou um passo para dentro e lá está ele.

O Damon zumbi está de pé em frente a um grande arquivo que mais parece um daqueles armários extravagantes. Ele deve ter me ouvido entrar, porque bate a porta do armário, e me assusto com o som. O pânico que me consumiu há pouco, de repente, é substituído por euforia. Ele levantou e se moveu por aí, sem ter que ser forçado! Veio até o escritório! E estava fazendo alguma coisa na porra do armário! Estou realmente em êxtase ao vê-lo agir, mesmo que pouco, como um humano normal.

— Porra, Damon! Você quase me mata do coração. — Eu me inclino para fora, para o corredor, e grito: — Brian! Ele está aqui!

Brian vem saltitando todo feliz para o escritório, claramente aliviado.

— OMG! Acho que estou suando! — Ele se inclina no batente da porta e abana o rosto com as mãos bem cuidadas.

— Viu, Damon? Você conseguiu fazer um cara gay, perfeitamente arrumado, suar. — Rio um pouco por dentro quando Brian faz beicinho, no verdadeiro estilo rainha do drama.

— Bem, agora que você não está tendo um sonho ruim, ele foi encontrado e o jantar está entregue, vou para casa. — Brian vem até mim e me dá um abraço.

— Obrigada pelo jantar.

Ele aquiesce e faz um movimento em direção à porta, então, Damon zumbi se vira do armário para nos enfrentar. Nós dois congelamos em antecipação. O olhar de Damon vai para Brian e alívio me inunda quando percebo um grau de atenção nele. *Graças a Deus!*

— Brian, eu preciso falar com você. *Sozinho.*

O quê? Damon zumbi está falando?!

Ele nem sequer me olha enquanto fala. Sinto-me completamente rejeitada. Ignorada. Indigna. Pela primeira vez em toda a minha merda de vida, estou realmente sem palavras.

Brian olha para mim com uma expressão mista de choque e piedade. Isso me dá arrepios e faço o meu melhor para mostrar um pequeno vestígio de confiança antes de sair do escritório. Concordo com a cabeça e me afasto deles, correndo pelo corredor, como se estar perto *dele* fosse perigoso para a minha saúde. E provavelmente é. Eu perdi o maldito juízo. O amor ferra com as pessoas de uma maneira cruel.

Encontro Hemingway dormindo em sua pequena caixa de transporte, ao lado do sofá.

— Ei, rapazinho. Senti sua falta. Aposto que Damon também. — Pego minha bola peluda no colo e o aconchego no peito. Faço cafuné atrás de suas orelhinhas e observo seus olhos se fecharem em êxtase canino. Com Hemingway nos braços, subo as escadas e vou para a biblioteca. Aconchego-me em um dos sofás macios e seguro meu filhote no peito, mostrando-lhe os milhares de livros.

— Quem você quer visitar? Baleias gigantes? Um adolescente complicado que é expulso da escola?

Falar com o Hemingway sobre a escolha de um livro é simplesmente louco, mas preciso muito de uma distração. Não há como mascarar a dor para me sentir melhor. Conversar com meu cachorro sobre livros é muito melhor do que encarar que fui rejeitada pelo meu Damon zumbi. Depois de um colapso mental, ele finalmente decide falar com o seu assistente. Não com a namorada dele. Com a porra do assistente.

Se o Capitão estivesse vivo, eu daria alguma desculpa para ir falar com ele. Ele nunca me virou as costas. Nem uma vez. Pensar no Capitão me faz lembrar do meu sonho desolador. O Capitão está certo. Ninguém gosta de ficar no escuro. Eu não gosto, nem no sentido literal e muito menos no figurado. *No escuro.* Acho que estou no escuro desde que Damon me rejeitou como se eu fosse algum aborrecimento.

Talvez ele esteja no escuro também.

Capítulo Cinco

Lutar ou fugir

A recepcionista de Versan me cumprimenta e sei que eu deveria responder, mas passo direto e entro na sala dele. Numa única olhada para ele, meu nível de irritação vai até o teto.

Ele, como sempre, está sentado em sua poltrona, calmo e controlado.

— Entre. Sinta-se confortável, Josephine.

— Pelo amor de Deus, por favor, me chame de Jo! — falo irritada, me jogando no divã. É de camurça bege e deliciosamente confortável, especialmente em comparação à porcaria dos sofás de Damon.

Ele assente em resignação e se inclina para trás em sua poltrona.

— Está bem. Desculpe — ele diz cordialmente.

E lá está aquela sensação estúpida de culpa que eu tanto odeio. Ele parece tão *legal* que chego a me sentir mal por ser cruel. Olho para baixo, me sentindo um pouco envergonhada, enquanto me acomodo no lugar e coloco minha bolsa no chão.

— Você parece agitada esta manhã. Quer falar sobre isso? — Ele abre o objeto que eu mais odeio nas consultas, o maldito caderno de capa de couro, e pega sua elegante caneta para fazer anotações.

— Na verdade, não — minto. Mas quero tirar isso do meu peito. Estou tão frustrada que eu poderia chutar um ninja na cabeça, nesse exato momento.

— Acho que deveria. Isso pode ajudar. — Ele inclina a cabeça para o lado, me olhando como se eu fosse algum tipo de experimento científico.

— Tá bommmm! — prolongo minha resposta, parecendo uma menininha petulante, e depois ajusto a barra da minha blusa, mas só para ter algo que fazer e ganhar tempo. Estou inquieta, parecendo uma fracote covarde. Enrolar não vai me levar a lugar algum. — Ontem foi muito difícil e... depois que você foi embora, adormeci e tive um sonho estranho, e então Damon decidiu fazer eu me sentir ainda mais invisível. Brian nos trouxe o jantar e eles se trancaram no escritório. Ele ainda não disse uma palavra. Pelo menos, não pra mim. Ele conversou com Brian. E não dormiu na cama. Então, sim, estou um pouco nervosa. Estou pisando em ovos.

— Vamos falar sobre o sonho primeiro.

Ele parece a porra do Sigmund Freud, só que mais bonito. Balanço a cabeça, concordando com relutância, lhe dando sinal verde para analisar toda essa merda.

— Conte-me sobre isso. — Ele cruza as pernas, ficando confortável. Pronto para escrever.

— Bem, sonhei que estava dormindo e Sutton me acordou. Ele disse que eu não estava sozinha e que jamais me deixaria. Eu estava surtando porque não conseguia encontrar a luz. Ele me disse que ninguém gosta de ficar no escuro. Disse que só porque eu não conseguia vê-lo, não significava que ele não estava ali — resumo o sonho e dou de ombros, como se não significasse nada, quando, na verdade, estou por um fio de perder todo o meu autocontrole. Até ontem de manhã, eu estava implorando para sentir alguma emoção, para chorar. Agora, quem me dera eu poder colocar um fim nessa merda. Estou totalmente desnorteada.

— Você acha que esse sonho pode ter manifestado um medo inconsciente?

— Medo de quê? Do escuro? — Finjo estar confusa enquanto o bom médico me olha de forma questionadora.

— Não do escuro propriamente dito, Jo. Quando digo a palavra "escuro", que coisas lhe vêm à mente? Vamos lá. Me diga.

—Hum... Frio. Solidão. Desorientada. Destruída. Incapaz. Vulnerável. Fraca — murmuro. Meu olhar está fixo nele, mas sem concentração alguma.

Sua caneta rabisca sem parar e eu não consigo pensar em nada, a não ser nas três últimas palavras que acabei de dizer: *Incapaz. Vulnerável. Fraca.*

— Quero que você pense sobre por que você associou essas palavras com o escuro e na próxima consulta vamos continuar com esse assunto. Agora, eu gostaria de saber como você e Damon estão interagindo?

Dou uma gargalhada sarcástica pela sua escolha de palavras.

— Interagindo? Hum, essa não é bem a palavra que eu escolheria. Mas esse show aqui é seu, então, vamos dançar conforme a música.

— Por que você não quer usar essa palavra? — Versan parece surpreso, o que me deixa sem entender nada. Ele já viu o Damon zumbi! Ele tentou "interagir" com ele.

— Porque ele está agindo como se eu não existisse! Eu pensei que ele estivesse com e-es... estresse pós-traumático ou do que quer que seja que você chame essa merda, mas isso é pior. Ele reconheceu Brian. Até falou com ele! Mas comigo? Nada.

— Por que você acha que ele está fazendo isso? — pergunta, olhando para suas anotações, que só aumentam.

— Eu não sei. Talvez ele me culpe por causar essa confusão. Ou talvez me odeie. Não posso nem culpá-lo por me odiar. Eu devia ter dado a ele uma oportunidade de se explicar, de me contar a sua versão da história, sabe? — Estou nervosa e quero fazer algo com as mãos. *Que porra é essa?* Contento-me em descansá-las, com as palmas viradas para baixo, no meu jeans, e tento mantê-las paradas.

— Não acho que ele a odeie, Jo. — A voz de Versan não detém o menor indício de compaixão. — Acho que ele está deprimido, gravemente deprimido. Vocês precisam entender que ele tem um longo caminho pela frente até a cura. Na verdade, vocês dois têm.

Pendo a cabeça.

— Entendo isso agora. Não sabia o quão ruim era tudo isso. Como ele estava mal. A culpa é minha por ele ter feito o que fez. Eu não sirvo para ele. Pode dizer. — Meu joelho começa a saltitar. Versan percebe, é claro, e anota isso também sem nem sequer olhar para o caderno. *Psiquiatra do caralho!*

— Se você espera que eu te diga para desistir dele, que vocês não servem um para o outro, pode esquecer. Sei que eu tornaria a situação muito mais fácil para você, mas, lamento, não vou fazer isso. O que você sabe sobre os pais dele?

Aleluia! Uma pergunta que sei a resposta.

— Sei que a mãe o abandonou e o pai é um idiota furioso que vive afogado em uma garrafa.

— Então, você pode imaginar como ele se sente sobre ser abandonado.

Concordo com a cabeça e sinto vontade de esconder o rosto com as mãos.

— Fico arrasada por ele se sentir assim e me odeio por ter causado isso. — Rapidamente levanto, sentindo a necessidade de me mover para abrandar esse sofrimento. Ando de um lado para o outro por um momento e Versan apenas observa. Provavelmente contando quantas vezes eu estalo os dedos ou algo parecido. Volto ao divã, em derrota, e o olho nos olhos para ter certeza de que ele esteja fazendo contato visual.

Ele me encara; sabe que vou perguntar algo importante. E até solta a caneta.

— Posso te perguntar uma coisa, doutor? Por que não consigo dizer não pra ele? Por que não consigo negar nada a ele? Tem sido assim desde o momento em que nos conhecemos. Isso me enlouquece.

— Não acho que essa seja a pergunta certa a fazer. Não é por que você não pode negar nada a ele. O correto é: por que você não *quer* negar nada a ele? Você já se perguntou se realmente queria dizer não? — Sua voz é calma e suave como de costume, mas, desta vez, de repente, me sinto como se ele realmente me entendesse, compreendesse o que se passa entre Damon e mim, e começo a achar que esse cara é bom.

— Eu realmente nunca pensei nisso dessa maneira.

— A conexão que vocês têm é profunda. Isso é óbvio. A tragédia que ambos sofreram uniu vocês. Para sempre. Ele sempre será o rapaz do outro carro que bateu no seu. E, pelo resto da sua vida, você será a menina que perdeu a família, a menina que ele tentou salvar. Isso é um fato que nunca vai mudar. O que você *pode* mudar é a forma como decide lidar com a questão. Se os dois estiverem dispostos a trabalhar isso, acredito que possam ter um relacionamento próspero e saudável.

— Então você está dizendo que isso é meio que lute ou fuja?

— De certa forma, sim.

— Está bem. Acho que... — Balanço a cabeça e olho a hora. Tenho um monte de merda para pensar e dirigir deve ajudar. — Acabou o tempo, doutor. — Pego minha bolsa que está no chão, ao lado de meus pés, e levanto.

Versan caminha comigo até a porta, pondo a mão suavemente no meu braço. Ele nunca fez isso antes e quase me esquivo.

— Jo — ele sussurra. — Não tem problema você não estar bem.

Fico imóvel, absorvendo o que ele acaba de dizer. Realmente, *não tem problema em me sentir uma merda?*

— Espero que você tenha razão.

— E eu espero que você perceba isso um dia. Te vejo na próxima consulta, Jo.

Caminho lentamente até o carro. Tenho muito o que pensar e não tenho a menor pressa de voltar para um frio e distante Damon zumbi. Brian está lá. Ele veio hoje cedo e disse que Damon queria recuperar o atraso com as coisas do trabalho. Claro que eu não sabia disso. Como poderia? Ele nem sequer olha na minha direção.

Ando meio apática até o outro lado do estacionamento, onde está o meu carro. Damon morre de vergonha dele por ser extremamente feio. Mas Frank tem sido confiável, e, além do mais, gosto dessa mistura de cores na pintura; ele é único. Enfio a chave na ignição e espero o motor cansado ganhar vida. Com o cinto de segurança no lugar, inclino-me para frente e descanso a cabeça no volante. Estou exausta e são apenas dez e pouco da manhã. Durante o último um mês e meio, passei por uma gama de emoções, a maioria das quais eu nunca tinha experimentado. Tenho certeza de que nunca me apaixonei e, consequentemente, tive o coração partido, para depois ainda correr o risco de perder tudo. Ligo o ar-condicionado para me refrescar. É um esforço em vão, porque sei que essa porcaria funciona parcialmente. Ele solta ar quente com cheiro de mofo no meu rosto e eu estremeço.

— Eu realmente deveria dirigir só o carro do Capitão. — Suspiro pesadamente e coloco Frank na engrenagem. Meus pensamentos estão totalmente fora de controle conforme dirijo sem pensar, sem um destino em mente. Não sei para onde ir. Eu poderia ir para o trabalho, mas ainda estou lutando contra a dor que me consome cada vez que entro na loja. Eu poderia ir visitar meus pais e o meu Capitão, mas aumentar a visita de uma para duas vezes por ano é um pouco assustador. Antes que eu me dê conta, Frank para no estacionamento de visitantes do lar de idosos da vó.

Capítulo Seis

Determinada de novo

O ar fresco no largo corredor é bem-vindo e agradável no meu rosto, enquanto caminho em direção à suíte da vó. A porta está aberta como sempre, mas mesmo assim dou uma batida de leve antes de entrar. O rosto dela se ilumina, e, em seguida, se fecha em decepção. *Incrível*.

— É bom te ver também, vó — digo no meu melhor estilo engraçadinha.

— Bem, traga sua bundinha até aqui e sente-se! — ela exige, apontando seu dedo magro para a cadeira ao lado dela.

Corro até ela como uma criança obediente.

— Que porra é essa, Bernice?!

Ela me fuzila com os olhos e disfarço a vontade de rir, levantando as mãos em sinal de rendição. Sei que ela odeia o nome de batismo. E nunca a chamei de outra coisa além de vó.

— Sente-se e pareça natural, pelo amor de Deus. Ele chegará a qualquer momento. Você está fedendo! Coloque algum perfume!

Arregalo os olhos com o insulto e um sorriso quebra completamente a minha tristeza.

— Droga. Desculpe o cheiro. Estou um pouco suada. O ar-condicionado do carro está uma merda. Quem exatamente estamos esperando?

Ela está vigiando a porta com expectativa e não consigo

deixar de me sentir curiosa, imaginando quem ela está tão animada para ver. Com certeza não é o Edward e provavelmente também não é o Damon. Talvez seja um enfermeiro bonito, recém-contratado ou algo parecido.

— O homem da manutenção! — Ela bate palmas animadamente. — Isso não importa agora, de qualquer forma. Não estava esperando a sua vinda aqui hoje. Mas fico feliz que veio. Como está o meu neto?

A menção do nome dele me faz ficar tensa e franzir o cenho. Não sei mais o que pensar sobre o seu estado atual. Não sei o que fazer sobre sua óbvia aversão a mim. Estou totalmente destruída por dentro e, pela primeira vez desde que me apaixonei profundamente por aqueles olhos cor de âmbar, estou arrependida de estar nessa coisa de namoro. Mas tenho que dizer *algo* positivo à vó.

— Bem, a boa notícia é que ele voltou a falar, só não fala comigo. Acho que ele me odeia por ter arruinado tudo. — Balanço a cabeça em desgosto. Desgosto das circunstâncias. Da vida. E principalmente de mim mesma.

A vó me caçoa como se não fosse nada demais.

— Você é extremamente inteligente para ser tão burra, menina! Você e eu somos iguaizinhas, sabia? — Ela dá um tapinha na minha mão carinhosamente. — Ele não te odeia, Jo. Dê tempo ao tempo. Ele vai cair em si e você vai ter que descobrir como ajudá-lo a chegar lá.

— Como? — Choramingo como uma criança mimada, com os ombros caídos.

Vó estala a língua pelo meu estado deplorável. Não posso culpá-la. Até eu estou enjoada por quão patética e fraca devo parecer.

— Você vai descobrir. Tenho certeza. Isso me fez lembrar

do que aconteceu com um cachorro que ele teve.

Ergo as sobrancelhas. Essa história me interessou.

— Que cachorro?

— Ele tinha uns treze anos e eu peguei um cachorro para levar para ele brincar. Era um vira-lata e o pobrezinho não tinha casa. Bem, encurtando uma longa história, Damon se apaixonou pelo cão.

— Que nome ele deu?

— Cão. — Ela dá de ombros e eu reviro os olhos pelo adolescente Damon. *Que original.* — Enfim, um dia, Cão fugiu pelo meu portão dos fundos. O maldito bicho por pouco não morreu na rua. Damon ficou perturbado por causa disso e depois não queria mais saber do cachorro.

Contorço o rosto quando me dou conta do que se trata essa analogia.

— Sério que você está me comparando a um cachorro?

— Cadela. "Cão" era fêmea. Estou comparando você à cadela. — Ela pisca para mim. — Você sabe, o sujo falando do mal lavado...

Sorrio e balanço a cabeça para ela. Eu amo essa mulher.

— Então, o que aconteceu com a cadela?

Ela abre um sorriso largo, expondo sua grande dentadura.

— Demorou um pouco, mas ele conseguiu superar. Aquela maldita cadela foi sua companheira mais próxima até que morreu.

— Estou confusa. Por que ele não quis mais a cachorra depois que ela fugiu?

— Bem, ele ficou assustado. Percebeu que, se tivesse

alguém para amar, também teria alguém para perder. Ele estava tentando se proteger. A cachorra só queria agradá-lo; ela sempre lhe trazia animais mortos e abanava o rabo, olhando para ele com seu adorável ar inocente. Demorou um pouco, mas ele conseguiu superar o medo; ele e a cadela, ou melhor, "Cão", eram inseparáveis.

Uma batida interrompe o que restava da história, com o olhar dela se concentrando imediatamente por cima do meu ombro. Sigo seu olhar para ver quem ela está esperando com tamanha atenção extasiada.

— Entre — ela diz numa voz nítida.

— Bom dia, Sra. Cole.

Puta merda! Esse cara é lindo e a vó está nitidamente radiante. Na verdade, ela está até corada! *Não me surpreende ela o estar esperando. Eu também estaria.* Seu sorriso brilhante mostra os dentes brancos perolados e perfeitamente retos.

— Oh, Andy! Quantas vezes eu tenho que dizer para me chamar de Bee? Meus amigos me chamam de Bee, então, por favor, me chame assim também.

Fico embasbacada com o flerte descarado da vó com o homem sexy e musculoso parado perto da porta. Ele tem um cinto de ferramentas pendurado nos quadris estreitos e uma caixa de ferramentas na mão esquerda. Vó pisca para ele e não posso deixar de sorrir de orelha a orelha assistindo a essa cena diante de mim.

— Desculpe, Bee. Eu sempre esqueço. — O homem de manutenção caminha para dentro do quarto e para perto da lateral da cama da vó, onde estou sentada.

— Andy, esta é Josephine. Josephine, este é Andy. O melhor faz-tudo da cidade. E é um colírio para os olhos também, não é mesmo?

Vó me cutuca e fico um pouco relutante. Coro da cabeça aos pés e noto sua piscada com o uso do meu nome completo. *Olho por olho, acho.*

— Oi, Andy. — Estendo a mão. — Por favor, me chame de Jo.

Os olhos azuis escuros de Andy me avaliam rapidamente, então ele sorri educadamente e pega minha mão.

— Prazer em conhecê-la, Jo. Gostei do seu nome.

Faço que sim com a cabeça e sorrio educadamente em troca. *Uau, ele é gostoso!*

— Que bom, não é tão ruim assim, pelo menos eu acho. Poderia ser pior. Já pensou se fosse Bernice ou alguma coisa horrível do tipo? — Sorrio ironicamente para a vó, que mostra a língua para mim. Olho para o "pedaço de mau caminho" de olhos azuis e vejo que ele está de olhos arregalados. É bom ver que não perdi o meu charme durante a minha fase desgostosa; minha boca ainda é suja, sem filtro e com muitos comentários sarcásticos.

— Josephine foi namorada do meu neto, mas ela deu um pontapé na bunda dele, o que é uma pena... — Ela balança a cabeça, sacudindo os cabelos prateados, fingindo decepção.

— Eu não dei! Bem... Acho que dei, mas...

O pobre Andy me interrompe antes que eu cave um buraco profundo e me enterre nele. *Porra, vó, obrigada!*

— Bem... acho que tenho que trocar uma lâmpada para você, Sra. Co... Bee. Farei isso agora, Bee.

Andy está preso num quarto com duas mulheres tenazes e sarcásticas. Pobre otário. Abro um sorriso largo para a vó, que cai na gargalhada. Andy caminha até a luminária na parede e começa a trabalhar na troca. Seu cabelo castanho-claro reflete a luz que entra pela janela e quase parece reluzir. Se eu não fosse completa e irrevogavelmente apaixonada por Damon, já teria dado o número do meu celular para ele.

— Esse é o cara que você estava esperando? — Inclino-me em direção à vó e sussurro alto em seu ouvido.

Seu sorriso malicioso me diz que ela está tramando alguma merda.

— Obviamente. Acho que ele está a fim de mim.

Balanço a cabeça para essa velha descarada.

— E como você sabe disso?

— Edith, minha vizinha mal-humorada, sempre chama a manutenção para qualquer serviço, só para fazer com que ele vá ao quarto dela, mas, na maioria das vezes, vai outra pessoa. Mas, quando eu chamo, é o Andy que vem. Todas as vezes.

Franzo as sobrancelhas em descrença.

— Acho que você não é amiga de Edith, tô certa?

Vó zomba indignada.

— Nem morta! Ela consegue afugentar quase todos os funcionários bonitos daqui, apenas com o olhar. Eles não suportam o olhar de louco dela.

— O quê?! — eu grito, tenho um ataque de riso. Nós duas gargalhamos descaradamente, parecendo duas Candinhas fofoqueiras.

— Ela tem um olho engraçado. Quando não está usando aqueles óculos fundo de garrafa, ele foca aqui. — A vó leva um dedo até o rosto e imita a direção em que o olho vesgo foca. Isso é ridículo, mas é uma pausa muito bem-vinda dos meus próprios pensamentos.

— Isso aqui parece até novela — gaguejo entre uma arfada e outra para puxar o ar.

— Tem razão, querida. Ao invés de um bom dramalhão mexicano, temos um monte de velhos inúteis! — A vó ri da sua piada e joga uma bala de amendoim na boca.

— Quer uma? — Ela estende o saco para mim e eu pego algumas. Inclino-me para trás no lugar e apoio os pés na lateral da cama da vó. Permanecemos ali sentadas, admirando a parte de trás de Andy, enquanto ele troca a lâmpada.

Definitivamente, eu estava necessitando dessa pequena pausa da realidade.

— Bee, tem algumas marcas de borracha aqui na parede. Eu poderia dar uma mão de tinta e sumiria tudo.

Nós duas olhamos para o rosto dele, em vez da bunda, quando ele vira para ficar de frente pra gente.

— Oh, sim — a vó gagueja. — Então isso tem que ser arrumado logo, meu jovem. Você pode voltar amanhã?

Andy sorri educadamente e assente. A velha assanhada realmente não tem vergonha. Gostaria de saber se sou tão safada quanto ela. Andy reúne suas coisas e se aproxima da cama da vó.

— Foi bom te conhecer, Jo. — Ele estende a mão.

Simpaticamente, aperto a dele e seu polegar acaricia a palma da minha. Sorrio conscientemente para o bastardo e puxo a mão.

— Te vejo amanhã — ele fala por cima do ombro, enquanto caminha para fora da suíte.

Eu me viro e falo embasbacada para a vó.

— Que merda foi essa?

— Acho que o *meu homem* está interessado em você, Jo. — Ela dá de ombros e joga outra bala de amendoim na boca.

Franzo o cenho. Não sei dizer o que está passando pela cabeça dela.

Foco meu olhar nas manchas acinzentadas na parede.

— Como é que essas marcas de borracha apareceram aqui na parede, tão na altura dos olhos?

— O quê? Ah, sim. Foi a minha bengala. — Sua resposta não poderia ser mais blasé...

— O quê? — Ela está me confundido... de novo.

— Eu devo ter golpeado a parede com a minha bengala algumas vezes para que o *Sr. Bundinha gostosa* tivesse que vir aqui me ver. — Ela dá de ombros e, ao abrir uma revista no colo, come outra bala. Ela realmente come uma tonelada dessa porcaria. É a porra de um milagre que não seja gorda ou diabética.

— Uau, vó. Tá falando sério?

Ela dá de ombros novamente e desliza o dedo por toda a folha, antes de virar para outra página. Meu celular vibra na bolsa, me tirando do meu estado apoplético. Tateio a bagunça que é a bolsa até encontrar a porcaria do celular, em seguida, deslizo o polegar pela tela para abrir a mensagem recebida.

— Brian — sussurro para mim mesma.

Onde você tá?
Chefão disse que você já deveria ter voltado.

Por um lado, me sinto um pouco aliviada que Damon esteja demonstrando emoções, mesmo que seja se preocupar sobre onde estou, mas, por outro lado, isso é uma baita palhaçada. Ele até agora não falou uma só palavra comigo ou reconheceu a minha existência, mesmo assim manda o Brian "cão de caça" me enviar sms para saber onde estou? Se pensa que vou dar mole, ele está muito enganado... O mais rápido que consigo, respondo o sms.

Diga a ele para deixar de ser bundão e, se quiser saber onde estou, ele mesmo mande um sms.

Coloco o celular no colo e me ajeito confortavelmente novamente.

— Vó, quero fazer uma pergunta.

Ela fecha a revista e vira seus olhos azuis na minha direção.

— E eu darei uma resposta — ela brinca. Esse é só mais um lembrete de por que eu a adoro.

— Por que você mora aqui? Não há realmente nada de errado com você.

— Bem, eu já estou muito velha, menina!

— Não seja ridícula. Setenta e oito anos nem é tão velha assim nos dias de hoje.

— Eu gosto muito daqui. Não sou um fardo para ninguém. Estas pessoas são muito bem pagas também. Damon cuida de tudo para mim. — É claro que ele *cuida*.

— Bem, se você fosse minha avó, eu a teria em casa, não em um lar de idosos chato, com uma vizinha que tem olhar de louca. — Nós duas caímos na gargalhada com a menção do "olhar de louca" da Edith.

Meu celular vibra com a chegada de um novo sms. Brian, novamente.

Ele agora está muito irritado. Vc quer que eu morra aqui?

Reviro os olhos e respiro fundo. Ele não pode achar que eu seria receptiva com ele brincando de sms usando o Brian. Isso é estúpido e estou extremamente irritada com ele. Por que ele simplesmente não fala comigo?

— Aconteceu alguma coisa, querida?

Olho para a vó e a pego me observando.

— Eu não sei o que fazer com o Damon.

A resposta dela é sacudir a cabeça em desaprovação.

— Você é mais esperta do que isso, Jo. Saberá o que fazer. Vá até ele e ajude-o a colocar a cabeça no lugar. Você vai conseguir. Nós sempre conseguimos. — Ela se inclina e sussurra a última parte e isso faz a minha cabeça ir a mil por hora.

Ela está certa. *Está na hora de parar de choramingar e ir* à *luta.* Cansei de me dizer isso quando era uma sem-teto e consegui vencer. Não estudei numa escola, mas estudei muito na biblioteca para ter o meu certificado de alfabetização, e eu consegui. Vou fazê-lo voltar para mim e do jeito que era. Eu o amo e sei que ele ainda me ama também. Isso simplesmente não desaparece da noite para o dia, não importam as circunstâncias.

— Você está certa, vó. Acho melhor eu ir então. Está na hora de fazer o *meu* homem sair dessa. — Levanto e me inclino para abraçá-la. Com seus braços em volta de mim, me sinto tão bem, como sempre imaginei que um abraço de vó seria. É reconfortante e firme, não importando o quão fraco seu corpo se tornou com o tempo. — Eu te amo, vó. Não sei o que faria sem você.

— Eu também te amo, querida. Você é uma boa mulher, saiba disso. Pode ser muito egoísta da minha parte, mas estou muito feliz que você tenha entrado em nossas vidas. Não importa a que preço. Ainda assim estou feliz.

Um nó se forma imediatamente na minha garganta. Ela está certa. É terrível admitir. Aquele acidente pode ter levado meus pais, mas me trouxe Damon e a vó, e eu os amo.

— Eu também — confesso, afastando-me dela.

— Você vem amanhã, né?

Abro um sorriso largo. Não recusaria isso por nada.

— Claro! Trago o almoço.

— Oba! Que maravilha! Pode me trazer um cheeseburger?

Não há como negar isso. Amo essa mulher como se fosse da minha família. Trago o almoço todos os dias, se ela quiser. Droga, eu preferia tirá-la daqui e levá-la para casa, para que ela tivesse uma família e uma vida de verdade.

— Eu trago o que você quiser. Te vejo amanhã. — Aperto sua mão uma última vez e saio do quanto com uma nova determinação: ir à luta.

Já fiz isso uma vez e farei de novo.

Capítulo Sete

Cão

Com tudo planejado para mais tarde, passo no mercado para comprar alguns mantimentos antes de voltar para a cobertura. Caminho até o elevador carregada de sacolas, recusando a oferta de ajuda de Howard. Sinto-me uma dona de casa bastante independente. Quando as portas se abrem, saio, ajustando as sacolas numa só mão para digitar o código e destrancar a porta de entrada. Uso o quadril para empurrá-la e entro.

Estou numa missão. Quero largar as sacolas na entrada e encontrar Damon, para lhe dizer que estou em casa e ver o que ele está fazendo, mas preciso focar em uma coisa de cada vez. Antes de ir vê-lo, decido levar as compras para a cozinha e começar a fazer o jantar, como uma namorada solidária faria.

Após passar pelo hall de entrada, paro na porta da cozinha. Ele está de pé na frente da geladeira aberta, sem camisa, de costas para mim. Salivo só de olhá-lo. A calça jeans está baixa e me permite dar uma espiada em sua cueca boxer. Entro e coloco as sacolas na bancada. Damon bate com força a porta da geladeira e se vira para mim. A expressão em seu rosto é uma que eu nunca vi antes. Ele está muito irritado e me sinto um pouco intimidada.

— Onde você estava? — ele exige.

Ele pode ficar com toda a raiva do mundo, mas sua voz é música para os meus ouvidos. Permaneço parada como uma estátua, apenas me deliciando com o som de sua voz.

— Oi? Eu... Hum...

— "Hum" não é resposta, Josephine.

— Você está com raiva de *mim*? — pergunto incrédula. Posso sentir uma tensão dolorosa no pescoço enquanto estreito o olhar nele.

Ele começa a andar até onde estou e para de pé ao lado da ilha de cozinha.

— Não gosto de receber SMS sarcástico seu, ainda mais quando estou preocupado sobre onde você está. — Sua voz é calma e suave, o que o torna ainda mais intimidante.

O Damon que está diante de mim é um estranho. Ele está muito diferente. Seu olhar não é afetuoso e amoroso como costumava ser. Até a voz parece diferente.

— Tecnicamente, a mensagem foi do Brian. Se quisesse saber onde eu estava, você mesmo deveria ter entrado em contato comigo, não usado um intermediário.

Ele diminui o espaço entre nós. O calor que irradia de seu peito está perto o suficiente para eu sentir. Estou intimidada, mas também quero abraçá-lo e lhe dizer que tudo ficará bem.

— Não me teste — ele adverte.

Algo me diz que eu deveria ouvir, mas que se foda. Nunca fui de baixar a cabeça e me calar. Se ele quiser saber onde estou, quando estou fora, então precisa parar de agir como um mal-humorado de merda. Com essa frieza toda, tenho minhas dúvidas de que ele ainda me quer por perto. Está tudo no ar de qualquer maneira. Nós não lidamos com nada, muito menos com a questão de eu o ter abandonado. Quero fazer as coisas funcionarem. Espero que ele sinta o mesmo. Mas, neste momento, é realmente difícil dizer.

— Você age como se me odiasse — eu digo. — Esta é a

primeira vez que fala comigo e é para me repreender?! Se não me quer aqui, posso ligar para o Brian vir ficar aqui e volto para a casa do Capitão. — Interrompo o contato visual e faço o meu melhor para parecer muito mais corajosa do que realmente me sinto. Daria a minha próxima respiração só para poder ouvir agora aquelas três palavras de sua boca linda.

Ele agarra meus quadris e me vira de frente para o balcão. Seu peito quente e nu está pressionado nas minhas costas, enquanto seus quadris me imobilizam na ilha. Porra, essa é uma sensação incrível. Uma mão sobe até o meu quadril e desliza pela minha costela, sobre a curva do meu seio, e para na minha bochecha. Ele envolve firmemente meu queixo quando se inclina mais para mim. Seus lábios roçam a borda do meu ouvido enquanto fala:

— Você já não me abandonou o suficiente, Josephine?

Sua pergunta retórica é como a porra de uma estaca no meu coração. Ela me destrói na hora. Arranca o ar dos meus pulmões. O calor entre as minhas pernas é extinto e meu coração afunda. Fecho os olhos e recebo o golpe verbal como se fosse um gancho de direita.

— Se você não me quer aqui, eu vou embora — reitero com uma voz fraca.

— Por que não me deixa decidir se você deve ir embora ou não dessa vez? — Ele me libera e eu viro. Vejo-o ir embora, sem dúvida, indo para a porra do escritório.

— Damon! Por favor! — grito ansiosamente.

Ele para no meio do caminho, mas não faz nenhum movimento para virar e me encarar. A vó disse que eu iria encontrar um caminho e ela está certa. Persuasão feminina é uma coisa poderosa e sei que ele sente o mesmo que eu quando nossos corpos se tocam. Começo a caminhar. Consigo fazer isso.

Ele não pode recusar ou negar o que temos. Nós nos amamos. Vou trazê-lo de volta para mim.

Dou um passo em seu espaço pessoal e levanto as mãos até seus ombros. Pressiono as palmas em suas costas musculosas. Sua cabeça pende para frente e seu peito infla totalmente quando ele puxa uma respiração profunda. É o sinal tranquilizador que preciso dele. Passo a língua rapidamente pelos lábios. Inclino-me para frente e dou um beijo casto no meio de suas costas.

— Amor, por favor — eu sussurro. — Fala comigo!

Ele se vira de frente para mim, pegando-me de surpresa.

— O que você quer de mim?!

— Eu... eu só quero que você fale comigo. Quero ter certeza de que estamos na mesma página, quanto a *nós*. — Solto as palavras, à procura das que preciso ouvir dele.

— Josephine, nós não estamos na mesma página. Na verdade, nem acho que estamos no mesmo livro. — A maneira como ele diz isso é exaustiva, como se eu o estivesse irritando ou algo parecido. Isso me fere como um punhal em brasa. — Eu não sou eu; estou fora de controle e não sei como voltar. — Ele corre as grandes mãos pelo cabelo despenteado e a expressão em seu rosto bonito é de desesperança. Conheço bem esse olhar.

Aproximo-me ainda mais dele e pego sua mão.

— Antes de você entrar na minha vida, eu sentia o chão desmoronando sob meus pés. Então, você apareceu e tive algo para agarrar. Me deixe fazer o mesmo por você. Pelo menos, deixe-me tentar. Por favor.

— Eu sou uma merda. Não posso te dar o que você merece — ele confessa.

Nego com a cabeça. Recuso-me a acreditar que ele seja

uma merda. Mesmo que fosse, quero todas as merdas que minhas mãos conseguirem alcançar.

— Não, você não é. Deixe-me te ajudar.

— Não. Você... — Ele abaixa a cabeça e franze as sobrancelhas.

— Deixe-me te ajudar — repito. Coloco a mão em seu rosto e faço pequenos movimentos na maçã com o polegar.

Seus olhos fecham sob o meu toque, quase como Hemingway faz quando faço cafuné em sua cabeça, e eu o ouço suspirar.

— Diga-me como posso ajudá-lo — eu sussurro.

Seus olhos se abrem e nos encaramos. Ele balança a cabeça sutilmente e seu olhar desce até a minha boca. Meus lábios se separam. Minha língua desliza por eles para umedecê-los.

— Se entregue sem reservas para mim.

Meu coração acelera em resposta à sua exigência. Meu peito sobe e desce rapidamente. *Ele acabou de dizer o que eu acho que disse?* Concordo e engulo em seco.

— Está bem.

Dou-lhe tudo o que tenho se é isso que ele precisa para voltar a si e para mim.

Um olhar de alívio invade seu rosto.

— Porra — ele ofega.

Sinto um tremor involuntário. Seus braços poderosos me envolvem e me puxam para seu peito, nossos corpos colidindo. Ele segura a minha bunda com ambas as mãos e me levanta, me embalando em seus braços. Estar em seus braços nunca foi tão gostoso.

— Cama. Agora. — Seu corpo treme e os olhos âmbar estão vorazes.

— Sim — eu sussurro. Não sei bem ao certo se o Dr. Versan aprovaria esse método de terapia, mas, se é assim que Damon opta se conectar, quem sou eu para negar?

Ele me coloca de pé e pega minha mão, nos guiando em direção à escada. Subimos de mãos dadas, sem dizer uma palavra. Paro no pé da cama e me viro para ele, que está tão perto de mim que, com apenas com uma curta inclinada, minha boca tocaria seu peito. Com a nossa diferença de altura, meus olhos nivelam com seu esterno, e, pela primeira vez, vejo uns leves hematomas arroxeados em seu peito.

— Seu peito. — Levanto a mão e levemente traço os hematomas com a ponta dos dedos.

— Ressuscitação cardiopulmonar machuca — ele responde com uma voz monótona.

Isso é um lembrete de que quase o perdi e de que a culpa é toda minha.

— Me desculpe, Damon. Sinto muito, de verdade. Eu deveria ter deixado você explicar tud...

— *Shh!* Está feito.

Assinto e deixo morrer o assunto delicado. Inclino-me para beijar seu peito machucado, mas ele se afasta.

— Tire a roupa.

Sua exigência me pega de surpresa; ele sempre me despiu. Tiro as sandálias e desabotoo meu short jeans, nunca interrompendo o contato visual com o meu gostosão. Meu short escorrega pelas pernas e se amontoa aos meus pés. Em seguida, minha *boyshort* de renda se junta a ele. O olhar de Damon nunca deixa o meu enquanto tiro a roupa. Ele parece frio e indiferente. Sempre venerou meu corpo, mas agora está me olhando como se eu fosse só um pedaço de carne. Apesar disso, não me importo. Se isso é o que ele precisa e quer, é o que vou dar a ele. Com um puxão rápido, passo a bainha da minha regata de algodão por cima da cabeça e a deixo cair no chão. Alcanço o fecho do sutiã e o solto. As tiras escorregam pelos meus ombros e ele se junta ao resto das roupas. Estou de pé na frente dele completamente nua, meu rosto queimando, vermelho.

Com uma só mão, ele desabotoa a calça jeans e, em seguida, a tira. Não consigo evitar, baixo o olhar até o seu enorme pênis rígido que está empurrando contra o tecido da cueca. Uma gota de umidade cai no tecido e me deixa com água na boca. Imagino-me passando a língua sobre a ponta macia e sedosa até fazê-lo ter espasmos de prazer.

— Ouça — ele ordena calmamente.

Volto meu olhar para o seu. *Estou ouvindo.*

— Se você disser que vai se entregar totalmente e sem reservas a mim, vou te ter completamente. Te terei em todos os sentidos que um homem pode ter uma mulher. E para que você saiba, será na cama ou em qualquer outro lugar. Vou te foder até que me peça para parar. Vou tomar tudo o que você tem e mais um pouco. Você me perguntou o que eu preciso e é isso. Eu preciso de você. *Toda.*

Fico boquiaberta e tenho certeza de que pareço chocada. Ele já foi bruto comigo antes, já me vendou e me amarrou à cama, mas nada além disso. Foi tudo em nome do prazer e nada que eu não tenha concordado. Eu deveria estar indecisa, mas isso é o que uma mulher normal sentiria. Pego-me fazendo que "sim" com a cabeça antes mesmo de registrar o que estou fazendo, mas isso não tem importância. Acho que eu diria sim para Damon sem me importar com o que ele pedisse. Eu o rejeitei uma única vez e isso acabou sendo o maior e o mais perigoso erro da minha vida. Sem mencionar que o amor da minha vida quase morreu. Não vou cometer o mesmo erro duas vezes. Não quero negar nada ao meu gostosão. Sou dele para que me possua como quiser.

— Sim? — Damon arqueia uma sobrancelha, incrédulo, como se não acreditasse que estou disposta a me submeter às suas necessidades e desejos, o que é totalmente besteira. Ele deveria saber que eu faço qualquer coisa para tê-lo de volta e do jeito que ele era. Pode ser completamente fora da minha personalidade, mas, que se foda, eu o amo, e estou determinada a me entregar, se isso significar ter o meu velho Damon de volta.

— Sim — respondo confiante.

— Já para a cama — ele ordena. Vou caminhando de costas até minha bunda bater na beirada. Sento e vou deslizando pelo colchão até chegar aos travesseiros, com o olhar atento de Damon em mim o tempo todo.

— Vire de bruços. — Olho para ele uma última vez antes de virar. Ele parece estar a um milhão de quilômetros de distância e despedaça meu coração vê-lo tão... fechado. Damon zumbi está de volta.

Ouço um movimento atrás de mim, então a cama afunda com seu peso. Meu estômago vibra ansiosamente quando ele sobe pelo meu corpo nu. Um tecido familiar desliza sobre meus olhos, me deixando cega.

Damon ajeita a venda e arruma meus braços, formando um "v".

Permito que meu corpo seja manipulado no lugar. Ele está usando a mesma faixa que já usou antes. Lembro muito bem dela. Com um puxão, meu braço esquerdo estica completamente no colchão. Damon se inclina para frente para prender meu outro braço. Puxa a faixa para eliminar a folga e ajustar o aperto, mas sem machucar.

— Junte as pernas. — Sua voz é suave e macia, mas sempre no comando. Suas mãos direcionam minhas pernas juntas. As coxas se tocam, formando uma dor insuportável no meu núcleo. Ele está levando o máximo de tempo em me amarrar. É uma tortura, mas, ao mesmo tempo, tesão do cacete. Meu corpo anseia por ele, que sabe disso. Minhas pernas são dobradas na altura dos joelhos, deixando as solas dos meus pés para o alto. Sinto a mesma faixa macia, mas firme, sendo envolvida em meus tornozelos uma, duas, três vezes para unir as pernas. Sinto sua respiração atrás de mim. Meu corpo vibra em antecipação e sinto seu olhar em mim, fazendo minhas pernas tremerem e borboletas vibrarem freneticamente, enquanto estou aqui deitada: presa, cega e devassa.

— De joelhos. Mantenha o peito encostado na cama. — Ele agarra meus quadris e levanta a parte inferior do meu corpo para que eu possa puxar meus joelhos debaixo de mim. Minha bunda está empinada à sua frente como se fosse a porra de um troféu e estou mais do que feliz em lhe proporcionar isso.

— Preparada, Josephine? — Sua voz está rouca e carregada de sedução, de uma forma que nunca ouvi antes. Suas grandes mãos calorosas deslizam pela minha bunda, em seguida, cravam em meus quadris.

— Mmm — eu ronrono.

A ponta grossa de seu pênis bate com força, de forma provocante, na minha entrada escorregadia. Meus olhos reviram por trás da venda. Em seguida, ele invade minha abertura e leva seu tempo se deliciando com a minha bunda, afundando centímetro por centímetro em mim. Meu corpo recebe seu impressionante comprimento como se tivesse sido feito para ele. Fazendo um movimento circular com os quadris, ele enterra o pau até a base. Então deixa escapar um gemido gutural que me faz morder o lábio. *Porra, isso só aumenta o meu tesão.* E o que me dá mais tesão ainda é saber que sou eu quem o está fazendo gemer assim.

    Seus dedos fincam com mais força nos meus quadris enquanto ele se retira completamente de mim e então lentamente desliza para dentro. Posso sentir cada veia pulsante enquanto seu pau desliza pela minha carne sensível. Ele retira de novo até ficar somente a ponta dentro e para. Gemo, implorando por mais. Sinto-o se inclinar sobre mim. Seu tórax definido apenas roça nas minhas costas. Uma de suas grandes mãos agarra um punhado do meu cabelo e puxa o suficiente para me fazer gemer e perder o fôlego. Eu o sinto instantaneamente estremecer contra mim. Ele está prestes a se soltar e eu não poderia desejar nada mais do que isso. Seus lábios úmidos pressionam a minha coluna com ternura, me dando um pequeno vislumbre do Damon que eu conheço e amo. É o Damon que eu quero de volta. Sua boca abandona minhas costas e, em uma fração de segundo, ele recua e se solta, como imaginei que faria. Com uma rápida e profunda estocada punitiva, perco todo ar dos pulmões. Gemo e puxo as restrições que me mantêm imóvel. As mãos de Damon me seguram firme por baixo enquanto seu pênis me invade com força e profundamente.

    — Ahh! — ele grita, respirando ruidosamente. Seus dedos cravam na minha pele e apertam dolorosamente, mas é bom pra cacete. Cada impulso forte faz minha barriga contrair e tensionar mais e mais. Ele libera o meu cabelo e rapidamente traz a mão para baixo, na minha bunda, em uma palmada ruidosa quando a ponta do seu pênis perfeito atinge as partes mais profundas do meu corpo. Uma pequena faísca de dor corre pelo meu ventre, e minha bunda parece que está pegando fogo por causa da palmada. Sinto outra palmada e grito. Ele alcança meu clitóris e os dedos trabalham magistralmente. Contorço-me em reação instintiva às suas ministrações em minhas terminações nervosas hipersensíveis. Um dedo trabalha em mim firmemente em um padrão circular, fazendo-me ofegar entre gemidos. Estou a ponto de explodir sob seu toque.

— Porra! Ah! — eu grito.

Meu núcleo contrai cada vez mais forte à medida que me aproximo do clímax. As estocadas de Damon tornam-se frenéticas e intensas. Minhas pernas tremem incontrolavelmente. Meus braços puxam e sacodem, em vão, as restrições. Meus dedos enrolam com tanta força que sinto cãibras dolorosas. Uma erupção atinge profundamente meu ventre e explode violentamente. Minhas veias parecem estar cheias de líquido abrasador de sexo em vez de sangue.

Meu clímax me consome. Acaba com o pouco de fôlego que ainda tenho. Meu canal aperta e contrai ao redor do pau de Damon, que empurra e contrai em troca. Ele dá mais uma estocada profunda, extraindo até a última gota do meu orgasmo, e então solta um gemido alto quando goza dentro de mim.

Ambos tentamos recuperar o fôlego e Damon se retira de dentro de mim, ainda totalmente ereto. Ele rapidamente começa a soltar a faixa dos meus tornozelos. A cama mexe à medida que ele se move ao meu redor para libertar meus braços. Ele, obviamente, não me faz um carinho. Sento-me, recostando na cabeceira, estalo os dedos e remexo os ombros. Damon desamarra e puxa a venda do meu rosto. Pisco rapidamente para dispersar o atordoamento. Apesar de saber, uma esperança se infiltra em meus pensamentos quando vejo Damon na minha frente. Por uma fração de segundo, tenho a esperança de que, quando eu o olhar nos olhos, haverá vida e emoção em seu rosto.

É claro que a vida é uma merda e tudo o que eu vejo na minha frente é o mesmo Damon zumbi, estoico e frio que acordou no hospital há mais de uma semana.

Pensei que me entregar a ele seria a melhor estratégia. Que ingênua e idiota fui, né? Acabei de ser meio que fodida até a morte e não serviu para nada. Pela primeira vez na minha vida adulta promíscua, me sinto barata e usada.

Levanto a mão para acariciar seu rosto, mas ele se vira e vai em direção ao banheiro. A porta se fecha e ouço o *clique* dela sendo trancada.

Sinto-me repugnante.

Sinto-me suja.

Sinto desejo de tomar banho e me lavar de toda essa merda.

Agora sei exatamente o que *Cão* sentiu.

Capítulo Oito

Tentando

Quando Damon saiu do banho, eu já estava vasculhando minhas roupas para encontrar algo limpo para vestir. Ao sair do closet vestindo um short de algodão e minha velha regata transparente de ficar em casa, dou de cara com o peito esculpido de Damon. Ele está com a toalha na cintura e, embora já tenha se secado, algumas gotas de água permanecem em seu tórax machucado. Dou-lhe uma olhada esperançosa. Seu olhar está frio como antes. Levanto a mão para tocar seu peito, mas ele segura meu pulso.

— Não.

— Pare com isso! — grito, puxando o braço de sua mão.

Apesar do fato de que poderia facilmente me segurar, ele me solta. Nem me olha nos olhos, então, levanto a mão e a levo até seu peito de novo; ele permanece parado como uma estátua, enquanto traço os hematomas com as pontas dos dedos.

— Ainda dói? — pergunto baixinho, inspecionando os hematomas.

— Já estive pior — ele murmura, empurrando minha mão e passando por mim para entrar no closet.

Sei que ele está sofrendo, mas, *puta que pariu*! Não sei quanto mais dessa punição eu consigo aguentar. Bem, pelo menos, já está falando comigo. Ele precisa saber que não vou deixá-lo novamente. Jamais o abandonaria assim outra vez, ainda mais com os cuidados que ele precisa pelo tratamento do estômago, que não é fácil. Entro novamente na porcaria do closet atrás dele. Paro na porta e o espero se virar.

— Você me odeia? Quer que eu vá embora? Esse é o meu castigo? Hein?! — Meus lábios tremem e lágrimas ameaçam cair. Meu coração dispara. Adrenalina corre em minhas veias. Estou frustrada pra caramba com ele, com tudo sobre ele, com tudo o que aconteceu. Sinto-me barata, descartável e usada.

Seu olhar já não é mais afetuoso, seu toque não é carinhoso e sua voz é fria e cheia de indiferença. Isso só aumenta a minha determinação. Ele não é mais o meu Damon. O Damon zumbi é uma casca hostil e repugnante do meu Damon. Posso lutar por ele com todas as minhas forças, mas até eu tenho o meu limite.

— Odiar você? — ele questiona, com as sobrancelhas levantadas interrogativamente. — Não, Josephine. Não te odeio. Se eu a odiasse, te daria uma generosa quantia de dinheiro e a mandaria embora.

Canalha! Seu comentário é golpe baixo e ele sabe disso. Sabe que o dinheiro dele nunca me comprou para ficar com ele. Se quer me punir, se esse tratamento é o meu castigo por abandoná-lo quando ele mais precisou de mim, então vou aguentar firme até onde eu conseguir. Só espero que o meu limite esteja longe. O fato é que esta é uma batalha de testes entre nós e não pretendo perder.

— Eu não quero a merda do seu dinheiro, Damon! Não quis antes, não quero agora, e tenho a absoluta certeza de que nem no futuro vou querer! — sibilo.

Ele se aproxima de mim e me mantenho firme. Seu olhar estoico fica trancado no meu. Inclinando a centímetros de mim, ele fala:

— Então o que você quer de mim? — Sua voz é um sussurro suave e friamente ameaçador.

Nunca o ouvir falar dessa maneira, e após o "vou tomar tudo o que você tem e mais um pouco", confesso que estou um pouco assustada em como essa batalha de testes vai continuar.

— Eu só quero você. Quero o meu Damon de volta — admito sinceramente.

Seu olhar vazio me encara sem um pingo de emoção. Ele passa por mim e me deixa aqui, de pé, sozinha. Nenhuma resposta. Apenas suas costas enquanto se afasta. Encosto no batente da porta do closet e deslizo para baixo. Uma desesperança familiar me engole e eu permito. *Tô fodida.* Não há como fugir disso, muito menos lutar contra. É melhor abraçar a mágoa a lutar contra ela. Conheço isso melhor do que ninguém. É como ser arrastada para o mar e ter que escolher entre lutar, em vão, contra a corrente ou deixá-la te afundar. Vou me deixar afundar, mas com esperança de voltar à tona em algum momento, com pelo menos um sopro de vida ainda em mim.

Se tiver que ser assim com Damon, vou deixá-lo me arrastar para o fundo com ele. Só espero que depois de tudo ter sido dito e feito, possamos voltar a superfície. Sei o que ele está fazendo; a vó deixou bem claro que ele já fez isso antes. Vou aguentar com todas as minhas forças. Serei seu bote salva-vidas. Vou deixá-lo tirar isso do seu sistema, e, quando toda essa merda acabar, vai perceber que ainda estou de pé e ele também. Se ele precisa da porra de um saco de pancadas emocional, serei o melhor saco do planeta! Vai doer pra caralho continuar me sentindo rejeitada quando tudo o que eu quero é que ele me ame como amava, mas não tê-lo dói muito mais.

Não quero viver sem Damon na minha vida. Seria uma existência dolorosa. Ninguém jamais se compararia a ele. Ele é o meu primeiro e único. Vou tirá-lo disso. Quando ele estiver sendo um idiota, vou lhe dizer isso. Mas também vou dizer-lhe o quanto o amo e sinto falta do velho Damon. Vou sempre lembrá-lo de que nada disso é culpa dele. E o mais importante: vou enfiar dentro da sua cabeça dura que não vou a lugar nenhum. Já passei por algumas coisas na vida, mas tenho a sensação de que estou indo para uma batalha de vida ou morte com Damon. Por Damon.

Levanto do chão, me recomponho e desço. Encontro-o na cozinha mexendo nos armários. Ele está com fome. Sempre sente fome depois do sexo. *Animal.*

— Vou fazer a comida — ofereço. Ele assente sem nem sequer olhar na minha direção, e começa a andar para fora da cozinha. É a*gora ou nunca.* — Você pode ser o maior idiota do mundo se quiser. Não sou o *Cão*, do qual você simplesmente fugiu. Eu ainda te amo e não vou a lugar nenhum — falo num tom determinado, e isso me faz sentir corajosa novamente. *Graças a Deus por isso.*

Ele para por uma fração de segundo, como se estivesse pensando em virar, mas depois continua a andar em direção ao escritório. Ele vai se esconder. Vou deixá-lo ficar lá por enquanto.

Cozinhar é uma distração bem-vinda, e nem perco meu tempo em ir até ele. Meu gostosão tem um apetite dos infernos, mas ele terá que se contentar com a minha sopa de legumes. Com a lavagem estomacal que sofreu, tenho medo de lhe dar qualquer coisa mais pesada.

Corto, cozinho, misturo e rapidinho o jantar fica pronto. Agora, é só trazer o gostosão para a mesa. Não sei ao certo o que tanto ele faz no escritório por horas a fio, mas definitivamente lá parece ser o seu "lugar feliz". Pensei que fosse a biblioteca; talvez agora tenha mudado. Bato na porta duas vezes, em seguida, a abro. De costas para mim, está ele de pé em frente àquele armário novamente. Olha por cima do ombro e acena com a cabeça, vira a chave para trancar o armário e depois a enfia no bolso e se vira para mim.

— Jantar?

— Fiz sopa pra você.

— Sopa?! — ele pergunta, incrédulo.

— Aham. Você ainda tem que comer comida leve por causa da coisa do estômago.

— Não. — Ele balança a cabeça com veemência. — Eu estou bem, mas estou com fome e sopa não é comida de verdade.

— Hum, sei... sem dúvida, é. — Cruzo os braços e faço cara feia para o bundão teimoso.

— Estou com fome, Josephine. Não comi quase nada durante uma semana inteira. Quero comida.

— Então vá comer. — Dou de ombros. — Por favor, tome somente a sopa. Está muito boa — eu imploro, usando um pouco de charme feminino. — E tem um pãozinho delicioso também.

Ele nem me responde, é claro, dá apenas um olhar desinteressado, e passa por mim em direção à cozinha. Então vai até o fogão, abre a panela da sopa e a examina. *Que porra é essa? Estou sendo julgada?* Ele abaixa, abre um dos armários e pega um prato, concha, três colheres e uma tigela enorme. Em seguida, vai até a geladeira e começa a tirar coisas de lá.

— O que você está fazendo?

Ele não diz nada enquanto abre um saco de queijo ralado e cobre a parte superior da sopa com pelo menos metade dele. Observo-o com descrença e choque. Ele abre mais um armário e pega uma caixa inteira de biscoitos salgados para comer com a sopa. *Ele não pode comer tudo isso.*

— Tem pão — eu o lembro, apontando para o pão e a

manteiga em cima do balcão.

Ele pega o saco do pão e o pote de manteiga de cima do balcão e os adiciona em sua pilha de comida, voltando para sua caverna, sem nem sequer olhar por um segundo em minha direção.

O nariz molhado de Hemingway cutuca meu tornozelo. Olho para ele.

— Quer jantar, rapazinho? — Ele senta todo fofo e me olha com seus grandes olhos castanhos. — Seremos só você e eu. Vamos comer, bonitão.

Tomo minha sopa sozinha. Ok, com o cachorro, e depois limpo a cozinha. Surpreendentemente, não estou completamente infeliz sobre isso, também. Pelo menos, eu sei que ele está sentindo fome. Sentir algo é um bom começo, certo?

Hemingway termina de lamber seu pequeno prato e começa a pular em volta dos meus pés.

— Tá bom. Tá bom. Vamos lá fora. — Pego meu rapazinho no colo e jogo minha bolsa no ombro.

Aceno para o Howard quando passo por ele, indo em direção à rua. Ele dá seu sorriso seco como de costume. Pego na minha bolsa a guia de Hemingway e a prendo em sua pequena coleira. Ando com ele ao redor do pequeno gramado onde passeamos com frequência até ele cansar e querer voltar para dentro. Descarto o saco de "cocô de cachorro" que comprei no petshop e depois limpo o meu moleque. Ele adora ficar ao ar livre e sempre faz questão de ter um tempo para andar por aí.

Quando abro a porta da cobertura, Damon está na sala de estar com o rosto ruborizado.

— Aonde você vai? — ele exige. — Você está indo embora?

Ergo as sobrancelhas e nego com a cabeça.

— A nenhum lugar. Hemingway quis sair para passear. Acabamos de voltar.

Damon assente, claramente satisfeito com a minha resposta. Eu deveria ter dito a ele aonde estava indo. Acho que ele pensou que eu estava indo embora novamente. *Merda.* Solto a guia da coleira de Hemingway e o coloco no chão. Dou um passo em direção a Damon, colocando a mão em seu queixo bem esculpido. Ele fecha os olhos como se estivesse com dor.

— Eu te amo, Damon.

Silêncio... E dói pra cacete. Sei que ele me ama, mesmo que não diga. Minha mão cai de seu rosto quando ele dá alguns passos se distanciando de mim, inalando profundamente e passando as mãos pelos cabelos. Meu amor está totalmente atormentado nesse momento. Que dó! Eu só gostaria de saber como ajudá-lo.

— Acho que vou para a cama. — Pego meu homenzinho no colo e subo as escadas. Beijo a cabecinha peluda de Hemingway e o coloco na casinha de cachorro. Ele se aninha e suspira contente. *Esse carinha tem uma vidinha boa...*

Damon desaparece no closet enquanto eu vou para o banheiro. Preciso de um banho e uma boa noite de sono. Estou emocionalmente exausta pelos acontecimentos de hoje. Tiro a roupa e entro no chuveiro. O jato quente relaxa meus músculos tensos. Minha cabeça pende e os ombros caem. Estou perdida. *Meu* Damon estaria aqui comigo agora. Ele sempre tomou banho comigo. Quero muito que ele volte. Sinto saudades. Só espero que isso não seja definitivo. Me ensaboo e descanso debaixo da água pelo que parecem horas. Finalmente, desligo as torneiras e saio. Arrepio-me toda quando o ar frio me bate. Seco o corpo e o cabelo tão rápido quanto consigo e corro porta afora, indo direto para o closet. Procuro inutilmente entre as roupas que Damon comprou para mim por um pijama ou algo tão confortável quanto.

    Sinto seu olhar em mim. Viro e o vejo encostado na moldura da porta, me olhando. Minha toalha está no chão e não estou usando nenhuma peça de roupa; sinto-me estranhamente envergonhada. Ele estende a mão grande para mim e meu coração quase para. Não é muito, mas vou aproveitar. Sem hesitar, ando até ele e lhe dou a mão. Ele se vira e nos conduz até a cama, onde tira toda a roupa e puxa a coberta. Nós dois deitamos. Viro-me de lado para ficar de frente para ele, que passa o braço em volta da minha cintura e me puxa para mais perto. A sensação que tenho é como se eu estivesse respirando pela primeira vez na vida. Aninho-me nele. Seu queixo fica em cima da minha cabeça. Beijo seu peito machucado e saboreio este momento.

    — Estou tentando — ele sussurra.

    — Eu sei.

    Ele não fala mais nada. Sinto seu corpo relaxar quando o sono o vence.

    — Eu te amo — sussurro tão baixo que quase nem eu me ouço. Fecho os olhos e caio no sono. A consciência desvanece, sendo substituída por um lindo sonho em que ele confessa seu amor por mim.

CAPÍTULO NOVE

Conversando

De manhã, acordo com um bilhete:

Tenho coisas a fazer. Estarei de volta. -D

Não foi exatamente como eu queria começar o dia, mas pelo menos dormi em seus braços. Não deveria reclamar. Ele disse que está tentando e eu acredito nele. Só vai demorar um pouco até ele chegar lá, como disse a vó. Nesse meio tempo, vou lhe dar tudo o que quiser, inclusive "eu" via sexo bizarro e distante. Sexo indiferente costumava ser a minha praia, mas agora me sinto usada e barata por fazer dessa forma. No momento, isso não importa. Se é isso o que ele precisa, vou agradá-lo. Já lidei com coisa muito pior.

Pego o bilhete e o examino novamente. Ele não disse para onde ia ou quando voltaria. Verifico a hora no meu celular e em seguida escrevo um SMS para ele.

Almoço com a vó hoje. Te vejo depois?

Espero a resposta, mas ela não vem. Parte de mim não consegue deixar de se preocupar com ele, então envio um SMS para Brian na esperança de que ele esteja com Damon.

Ele está com você?

— Você não pode ir comigo hoje, Hemingway. Nada de cães no lar dos idosos. Seja bonzinho. — Faço um cafuné em seu pelo e pego minha bolsa. No elevador, meu celular apita avisando a chegada de nova mensagem. *Ufa!* Um SMS de Brian.

Está. Trabalhando. Não se preocupe, docinho.

Inspiro profundamente, aliviada por ele estar com Brian. Sei que não preciso me preocupar com nada quando eles estão juntos. Ele sempre diz que faz tudo o que uma esposa faria, mas sem os benefícios. Ele é uma figura. No caminho para a vó, paro no *The Diner* para comprar nosso almoço. Não vou lá há semanas; na verdade, até telefonei para não ter que esperar uma eternidade e ficar jogando conversa fora com Noni. Da última vez que estive lá, Damon estava comigo e ela agiu meio esquisita. Talvez esteja ficando como a vó, dando em cima de homens mais jovens.

Noni se levanta toda alegre quando me vê entrar, vindo até mim com um grande sorriso.

— Ei, onde você se meteu, garota? Estava começando a me preocupar que você tivesse ficado enjoada desse lugar velho. Deus sabe que até eu já estou cansada daqui. — Ela sorri e faço o possível para parecer entusiasmada quando rio da sua piadinha.

— É que Damon e eu saímos da cidade por um tempo. Precisávamos escapar por uns dias.

A história a ser contada é que Damon e eu saímos de férias. Brian foi a salvação quando espalhou o rumor e segurou as pontas enquanto ele estava se recuperando. Ninguém sabe o que aconteceu e pretendemos manter assim.

— Ah, que bom! Para onde ele te levou?

Brian disse a todos que fomos para Miami descansar e curtir uma praia. Mais pontos para Brian. Ele provavelmente enviou postais para as pessoas.

— Miami. Foi muito bom — eu minto.

— Onde está seu bronzeado de praia, garota? — Seus olhos me analisam da cabeça aos pés.

— A-ah — gaguejo, pensando rápido. — Nós nem tivemos tempo pra isso, passamos a maior parte do tempo no quarto do hotel.

Noni arregala os olhos e seu rosto fica vermelho flamejante antes de ir até a cozinha pegar a minha encomenda. Ela retorna rapidamente, segurando o saco de papel com o nosso almoço. Coloco o dinheiro sobre o balcão.

— Não suma de novo! E traga o seu lindo namorado com mais frequência!

Aceno sobre o ombro para Noni, a "Puma", e corro para o carro com os nossos hambúrgueres. Outra coisa boa do Frank é que nunca preciso me preocupar com a comida esfriar. Se a temperatura estiver quarenta graus, dentro dele estará pelo menos uns trinta e sete. Corro o mais rápido possível sem receber uma multa, só para que eu possa dar o fora do carro e desfrutar de um pouco de ar-condicionado.

Quando chego à porta da vó, bato duas vezes e entro.

— O almoço chegou! — digo cantarolando. Fico chocada ao ver Andy sentado ao lado da vó, em roupas casuais.

— Oba! Vamos comer — diz a vó, batendo as mãos em antecipação. Caramba, são só hambúrgueres. Tá certo, eles são os melhores da cidade, mas não é um caviar ou coisa parecida. Arrasto a mesa móvel para perto de sua cama.

— Não, não. Podemos comer à mesa. — Ela aponta para a

mesa de jantar, no canto do quarto. Eu nunca a vi usar aquela mesa.

Arqueio as sobrancelhas enquanto ela se endireita na cama para se levantar.

— Vamos lá, Andy, podemos dividir. — Ela abre um enorme sorriso para ele, que parece estar confuso.

— Tá, tudo bem, eu posso ficar mais um pouco. Oi, Jo.

Sorrio educadamente para ele.

— Oi. Sem uniforme hoje?

— É. Tecnicamente não estou trabalhando hoje, mas eu tinha dito a Bee que passaria aqui para arrumar essas marcas de borracha na parede. — Ele faz um gesto com o queixo em direção à parede recém-pintada. Todas as marcas que ela causou de propósito desapareceram. Ela é safada. Isso é hilário.

— Não ficou bom, Jo? — vó ronrona.

— Sim, ficou ótimo. — Abro o saco de papel e começo a retirar tudo de dentro enquanto a vó se ajeita na cadeira da pequena mesa de jantar. Ela também se arrumou toda para ele. Está com uma daquelas roupas de correr de veludo que senhoras idosas gostam de usar. É azul royal e parece ridículo. Pego o vislumbre de uma de suas meias e não fico nem um pouco chocada ao ver que elas combinam perfeitamente com a roupa. Meias azul royal. Não faço a menor ideia de onde ela consegue encontrar meias coloridas assim. A roupa dela me deixa com uma vontade louca de cair na gargalhada. Quando a vó pensou em correr?

— Quer dividir? — Vó empurra seu hambúrguer e batatas fritas na direção de Andy.

— Ah, não, não, senhora. Eu já almocei.

Ela assente e sorri para o pobre otário, caindo de boca em seu hambúrguer com um tanto gosto e satisfação que eu pensava ser reservado só para a bala de amendoim.

A atenção de Andy se vira para mim.

— Então, Jo, o que você faz?

Sério? Pego-me revirando os olhos para sua tentativa clichê de começar uma conversa.

— Hum, eu administro uma livraria.

Ele finge interesse, fazendo mil perguntas sobre a livraria, há quanto tempo estou lá e *blá blá blá*, o que só deixa a vontade de revirar os olhos ainda mais difícil de resistir.

— Verdade. Damon lhe comprou a loja só para que pudesse sair com ela. Dá para acreditar nesse meu neto? — vó entra na conversa.

Andy abre um sorriso encantador na minha direção e assente com conhecimento de causa.

— É isso que eu tenho que fazer para namorar você? Comprar uma livraria? Ou quem sabe uma loja de ferragens?

Quase engasgo com a porcaria da batata frita. Ele se estica e me dá um tapinha nas costas.

— Estou bem — eu resmungo. Ele mantém a mão nas minhas costas e esfrega em um movimento circular. Meus olhos lacrimejam como se eu estivesse chorando. Isso é o que ganho por inalar a porra da batata frita. Bebo um pouco do meu refrigerante e pigarreio. — Você é muito engraçadinho, mas estou em um relacionamento.

A mão de Andy desce do meu ombro para o braço.

— Está? — a vó se intromete de novo.

É claro que *estou, espertinha. Recosto na cadeira.*

— Está sim — um vozeirão confirma.

Volto minha atenção para a porta. Damon está ali de pé, parecendo menos do que empolgado, mas, puta que pariu, ele está tão lindo vestido todo social. Graças a Deus, voltou a trabalhar, e, pela roupa, significa que deve ter tido reunião. Esse é um primeiro passo na direção certa, acho. Seu rosto está bem barbeado, o cabelo foi cortado. Está parecendo fisicamente com o Damon que eu conheço e amo. Ele está encarando Andy, que não parece nada incomodado com a presença dele. Estão se avaliando, sei disso. Praticamente vejo um concurso de mijo começando. *Homens*. Empurro a cadeira para trás para tirar a mão de Andy de mim.

— Damon! Venha aqui me abraçar, menino! — vó chama com a boca cheia de hambúrguer.

A atenção de Damon muda de Andy para a vó e ele faz o que ela diz.

— Vó, eu vim roubar Josephine de você. Temos algumas coisas para resolver.

— Tá bom! — vó responde toda feliz.

É claro que ela me quer fora daqui. O pobre Andy ficará preso com ela, mas estou muito feliz em dar o fora. Foi estranho ficar aqui.

— Quero que me ligue mais tarde. Temos que conversar. — Vó aponta o dedo para Damon, autoritariamente.

— Ele vai — eu a asseguro quando levanto e coloco minha bolsa no ombro. Dou a volta na mesa para abraçar a vó. — Use proteção — sussurro alto o suficiente para que apenas ela me ouça. Ela gargalha e me dá um tapinha de brincadeira. Sorrio educadamente para Andy.

A mão de Damon vai com possessividade para a parte

inferior das minhas costas, sem dúvida, para me conduzir para fora do quarto. Sua mão me solta assim que chegamos ao corredor. Espero por pelo menos alguma rejeição, por isso a distância não me surpreende. Isso me desaponta, é claro, mas não me surpreende totalmente. Ele fez isso apenas para mostrar a Andy que eu sou dele.

— Para onde estamos indo? — Aperto o passo, enquanto ele dá passos longos em direção à saída do prédio.

Ele sacode o pulso para abrir os óculos de sol e os coloca. Ele é irresistivelmente atraente, mesmo agindo assim. Talvez especialmente por agir assim.

— Nos livrar do Frank. — Seus olhos permanecem focados à sua frente, conforme atravessamos o estacionamento.

— E por que diabos eu faria isso? — Sei que meu carro é um pedaço de merda e nada ostentoso, mas é meu. Comprado e pago com o *meu* dinheiro. Foi importante para mim quando comprei o Frank.

— Ele mal anda e não tem nenhuma segurança. A maioria das mulheres adoraria um carro novo.

— Bem, não sou a maioria das mulheres, sou? — eu o repreendo.

Ele para abruptamente, quase me fazendo colidir em suas costas. Vira-se para mim e arranca os óculos escuros.

— Você definitivamente não é como a maioria das mulheres, Josephine, e é por isso que não vai mais dirigir aquele pedaço de merda que você chama de carro ou sair com os homens da manutenção que não têm vergonha de te comer com a porra dos olhos! — ele rosna e usa os óculos de sol para apontar para mim. Ele está irritado. Não. Ele está furioso. Damon com ciúme me deixa com tesão. Ele coloca os óculos de volta e continua caminhando em direção à BMW.

— Muitos homens me comem com os olhos. Ele não é o primeiro e nem será o último — admito honestamente.

— Não brinque comigo, tentando me fazer ciúmes, Josephine. Não vou tolerar isso.

— Bem, me desculpe. Eu não estava tentando fazer ciúmes. Você está fazendo tempestade num copo d'água, gostosão.

— Chaves. — Ele estende a mão, esperando impacientemente. Estou surpresa por ele não estar batendo o pé.

Hesito por um momento, pensando sobre o assunto. Trabalhei duro para comprar o Frank. Economizei e poupei o que pareceu uma eternidade. Não me importaria de ter um carro novo; ninguém recusaria um. Sejamos honestos. Tenho Frank há muito tempo. Cinco longos anos. Ele tem sido um carro fiel, mas Damon está insistindo em um carro novo, um carro mais seguro, menos cheguei. *O que há de tão errado em aceitar?* Olho para ele e sua mão estendida. Uma ideia me bate e me vanglorio. Dar e receber é o nome deste jogo.

— Você me quer segura? — sondo, colocando meu plano em prática.

— Quero — ele diz, parecendo meio exasperado.

— Você me quer feliz?

— Sim.

— Por quê? — Inclino-me para ele. Vou persuadir com paciência as palavras que eu puder. Sem a menor vergonha. Sei que ele me ama, mas ainda não me disse desde que acordou no hospital. — Diga.

— Porque eu te amo — ele responde, sem nem sequer me olhar nos olhos, e parecendo resignado.

Suas palavras são música para os meus ouvidos. Eu o

induzi a dizê-las, mas vou aceitar tudo o que conseguir. Se isso significa dizer adeus a Frank, então que assim seja. É uma troca que vale a pena, na minha opinião. Sorrio e tiro a chave do Frank do meu chaveiro de pé de coelho antes de entregar na grande mão de Damon.

— Eu também te amo. Muito mais do que ao Frank — admito sinceramente. Ele abre a porta do passageiro da BMW para mim, enquanto mexe em seu telefone. *Sem dúvida ligando para Brian vir buscar o Frank.*

— Mais do que qualquer carro, Damon — sussurro, sem nem mesmo ter certeza de que ele me ouviu. — Mais do que qualquer coisa.

CAPÍTULO DEZ

Desesperada

Após três concessionárias, duas disputas de olhares descaradas, e um macho alfa exibindo o talão de cheques, tenho um novo SUV. Um belo SUV, mas foi absurdamente caro, especialmente para alguém como eu. Eu disse a ele que queria algo que fosse de classe média e comum. Não queria um maldito *Volvo XC90*. Eu poderia ter um *Nissan Rogue* pela metade do preço da porra extravagante do *Volvo*. A única razão pela qual ele ganhou o argumento foi porque usou o Hemingway. Ele sabe que eu o levo a quase todos os lugares comigo e apenas teve que dizer que acha o *Volvo* mais seguro para mim e para o nosso cachorro. *Ridículo! Nós não temos um monte de crianças, temos um CACHORRO!*

Meu argumento foi baseado no preço e na frescura do nome. *Nissan Rogue*. Isso me serve. Serve a ele. E a nós dois. Desnecessário dizer que o meu argumento sobre frescura perdeu para o dele no quesito segurança. Acho que ele está certo. Ponto para ele.

Consegui escolher a cor, pelo menos isso. É um lindo azul escuro. Damon não teve qualquer objeção quanto à cor.

— É realmente necessário você ser teimosa o tempo todo? — Damon abre a porta da cobertura e faz menção para eu entrar na frente.

— É realmente necessário você fazer um concurso de mijo em todo lugar que vamos? Da próxima vez, apenas coloque o *seu* chicote para fora e mostre o quão grande ele é. — Faço o maior esforço para não sorrir.

Ele me encara e me dá o seu melhor olhar mal. Chega a ser hilário. Homem é tudo igual. Acho melhor acabar logo com isso. Largo a bolsa na mesinha de centro da sala de estar e vou até o meu homem irritado.

— Adorei o carro. Obrigada. E, às vezes, gosto de ter discussões inúteis com você — confesso, ficando frente a frente com ele. Ergo as mãos até seu peito.

Seus músculos esculpidos se sobressaem contra a camisa. Ele inala profundamente e relaxa a mandíbula.

— Por quê? — ele resmunga.

— Acho que é a perspectiva de ter sexo de reconciliação. É tão atraente... — Passo os braços em volta dele e inclino a bochecha em seu peito, tomando cuidado para evitar os hematomas. — Além disso, só quero que fale comigo.

— Eu te disse que estou tentando — ele diz baixinho.

Posso ouvir a velocidade de seu batimento cardíaco; isso deve estar deixando-o ansioso. Não quero pressioná-lo agora, já que *parece* que está engatinhando na direção certa. Concordo com a cabeça colada em seu peito. *Paciência. Isso nunca foi o meu forte.*

Suas mãos pousam em meus ombros, em seguida, deslizam para baixo, em meus braços. Ele os puxa de sua cintura para se libertar. *De volta* à *distância de um braço.*

Essa distância entre nós não é nada bem-vinda.

— Quando você está pensando em vender as propriedades de Sutton? — ele faz a pergunta como se estivesse perguntando sobre a porra do tempo e isso é um tapa na cara.

— Oi? Não estou pensando em vender a casa ou carro de modo algum.

Observo o Damon zumbi enquanto se senta, roboticamente, na porcaria do sofá do outro lado da mesinha de centro. Jogo-me abruptamente na frente dele.

— Você precisa pensar nessas coisas. Elas não têm nenhum uso para você, Josephine. A casa não pode ficar desocupada. Ela precisa de manutenção regular e conservação. O carro é a mesma coisa. — Ele consulta o celular. — Vou falar com Brian para fazer uma análise deles para vender.

— Ah, mais *não* vai mesmo! — digo. — Vou alugar a casa e dirigir o carro de vez em quando. Noni, da lanchonete, está pensando em mudar de casa, então possivelmente eu alugue para ela por um preço mais em conta. Apenas o custo dessas porcarias. E os impostos — minto descaradamente na sua cara e já me sinto mal por isso. Nesse momento, não estou preparada para me livrar da casa do Capitão, e, na pior das hipóteses, se Damon e eu não dermos certo, vou precisar de um lugar para morar.

É óbvio que ele não compra a minha justificativa de merda. Por um segundo, sua expressão é inflexível, os dedos prestes a ligar para Brian.

— Ainda está muito recente, Damon — digo-lhe honestamente.

— Eu sei. Converse com a Noni, então, por favor. — Ele se levanta do sofá e começa a se afastar. Faz uma pausa por um instante quando chega perto de mim. Sua mão vai para o meu rosto, seu polegar desliza sobre meu lábio inferior, e então, se afasta. Ele realmente está tentando, mas seus olhos continuam inexpressivos.

Tenho apenas que ser paciente e agarrar com unhas e dentes tudo o que eu conseguir. Quero tanto o meu doce Damon de volta que acho que faria qualquer coisa.

Meu celular toca, me distraindo, enquanto observo Damon desaparecer no corredor que leva ao escritório. Pego-o de dentro da bolsa e atendo.

— Olá, Brianna. — Rio da minha piada e mentalmente me gabo.

— Nossa! Nunca ouvi essa antes! Eu meio que gostei, mas dito por você, Jo. Toda durona. Talvez eu devesse começar a me vestir de *drag queen* só para poder usar esse nome — Brian ronrona, soando todo alegre.

— Se você se inscrever num concurso *drag*, serei sua maior torcedora. Você pode até pedir o meu Jimmy Suu. Ops, Choos.

Brian cai na gargalhada enquanto verifico a hora e sigo até a cozinha para procurar na despensa algo para fazer para o jantar.

— Ok. Então, eu teria te enviado um sms, mas seria necessário o para sempre e mais um dia.

Reviro os olhos. É meio divertido ter um amigo para conversar no telefone.

— O que houve?

— A designer da loja? Carry "cor de laranja" ou outra coisa? Ela ligou hoje fazendo um bilhão de perguntas, mas eu não sabia o que responder, então só peguei a mensagem.

É a minha vez de gargalhar alto.

— Ela pode ter o tom exato de laranja natural, mas aposto que não tem, nem de longe, o gosto da fruta — gaguejo entre risos.

— Pergunte a Damon, talvez ele saiba. — Brian percebe seu erro no momento em que o diz.

— Ele transou com ela?

— Ai, merda. Eu... ele... hum... não tenho certeza. Porra, ele vai me matar.

Um ciúme possessivo me sobe à cabeça e posso sentir meu sangue começar a ferver. Ele contratou a porra de uma boceta estúpida que ele comeu para decorar a loja? *A minha loja?*

O quê?

Para o inferno.

Que não!

— Não se preocupe com isso — garanto a Brian. — Não é nada demais. Vou lidar com a Carry "cor de laranja". Só gostaria de saber como ele sentiria se eu contratasse o Andy "faz-tudo" para aparafusar algumas coisas por aqui.

— Ui! Ele ia se roer por dentro! Espere, quem é Andy?

Solto uma risadinha maliciosa ao telefone.

— Ele é o cara da manutenção, ultragostoso, do lar de idosos da vó. Ele e Damon tiveram uma competição de "quem desvia o olhar primeiro" quando Damon foi me buscar hoje. Testosterona exalava no ar. E por falar nisso, ele fica ainda mais gostoso quando está irritado. Você provavelmente sabe disso.

Nós dois rimos. Quando me viro e recosto na ilha, levo um susto do caralho. Damon está aqui. *Ótimo!*

— Desligue — ele rosna. Suas narinas estão dilatadas. A mandíbula, cerrada.

Considero ignorá-lo, mas acho melhor não. Não preciso provocá-lo.

— Ai, merda. Ele entrou sem você ver, não foi? — Brian sussurra, embora Damon não possa ouvi-lo.

— É. Te ligo depois, Brianna. — Desligo, coloco o celular em cima do balcão atrás de mim e me preparo para o confronto. Espero que ele esteja disposto também porque ainda não estou exatamente feliz por ele ter contratado a Carry "cor de laranja". Cruzo os braços e espero que ele fale.

— Não quero nunca mais ouvir você falando sobre esse idiota novamente. — As veias do pescoço e dos braços estão sobressaltadas de raiva.

— Bem, eu não quero trabalhar ao lado de uma puta que você fodeu! — cuspo. Ele nem sequer pestaneja. — Mas aposto que é conveniente para você: sua atual namorada trabalhando com a ex. Isso deve permitir que você mantenha suas opções em aberto. — Tanta coisa para não provocá-lo... *Que se foda!*

— O que você está fazendo aqui? — ele exige.

Na cozinha? Agora estou confusa.

— O quê? Eu estava à procura de algo para fazer para o jantar. Estou morrendo de fome.

—Vamos pedir comida.— Ele se aproxima silenciosamente e sei que estou em apuros. *Ele está no modo dominador.*

— Posso cozinhar algo mais rápido do que...

Ele me interrompe, colocando o dedo sobre meus lábios e me puxando para longe da ilha. Então se posiciona atrás de mim e coloca meu cabelo todo para um lado. Seus lábios estão tão perto do meu pescoço que me arrepio da cabeça aos pés.

— Vamos pedir — ele reitera.

Fecho os olhos e respiro fundo. Ele está testando a pouca paciência e autocontrole que tenho.

— Temos algumas coisas para esclarecer antes de pedir. — Seus lábios úmidos roçam o meu pescoço e depois me beijam suavemente, prolongando a conexão.

Um gemido escapa da minha boca antes que eu me dê conta. Isso mostra o quão desesperada estou por ele. Desesperada e necessitada por seu toque, por seus lábios na minha pele, pelo *meu* Damon.

CAPÍTULO ONZE

Ser

A respiração de Damon provoca arrepios na minha pele sensível.

— Não há espaço para joguinhos de ciúme nesta relação — ele sussurra em meu ouvido, persuadindo um calafrio. — Nós já temos o suficiente acontecendo.

Suas mãos deslizam pela frente do meu corpo. Então, uma delas vai para a parte inferior das minhas costas, segurando-me firme, enquanto a outra desliza, dolorosamente lenta, entre minhas coxas. Meu corpo nivela com o dele, peito a peito, e posso sentir cada centímetro de seu corpo musculoso. Ele pressiona sua protuberante ereção em mim, fazendo meu corpo se remexer de desejo. Excitação pura e quente que faz minha carne ficar escorregadia e o rosto queimando. Ele brinca com o meu corpo devassamente com toques lentos e circulares sobre o meu clitóris. Contorço-me em seu domínio.

— É isso que você quer? — ele sussurra. Seus movimentos encontram um delicioso ritmo. Meu coração dispara e começo a ofegar enquanto seus dedos trabalham em mim, me deixando cada vez mais perto do orgasmo.

— Mhmm — eu gemo, desesperada por alívio.

Seus movimentos diminuem, me deixando frustrada. *Que porra é essa?!*

— Ande — ele exige.

Assusto-me, mas dou um passo hesitante. Ele me guia

todo o caminho até a sala de estar com uma das mãos na parte inferior das minhas costas e a outra ainda fazendo círculos lentos no meu clitóris. Sou liberada abruptamente e lamento a falta de contato.

— Tire a roupa — ele exige, recostando-se no sofá e me observando de perto.

Aproveito a atenção e me dispo o mais lentamente possível, levando o meu tempo para exibir deliciosamente meu corpo a cada peça de roupa removida, inclusive a calcinha toda molhada.

— Sou eu o que você quer? — Sua voz está rouca, e o pego ajustando a calça.

Sua pergunta parece estúpida, mas agora aprendi que Damon tem um propósito e uma razão para tudo o que faz.

— Claro — aquiesço expressivamente. — Sempre.

Ele faz um movimento de "vem cá" com os dedos para que eu vá até ele.

— Pegue o que é seu, Josephine.

Coloco-me entre as pernas dele e, imediatamente, caio de joelhos. Desafivelo o cinto lentamente, levando o meu tempo, do jeito que sei que ele gosta, e o puxo dos passadores, jogando-o para a outra extremidade do sofá. Ele está me observando atentamente, os olhos escuros de necessidade. Desabotoo e abro a calça com facilidade e a puxo para baixo. Seu pênis duro espreita para fora, na parte de cima da boxer, deitando pesadamente na parte inferior do estômago. Puxo um pouco a cueca para baixo de seus quadris, revelando-o centímetro por centímetro. Cada veia está pulsando, fazendo com que o pênis pesado se contraia a cada batida de seu coração. Eu o pego na mão e lhe dou uma rápida e única bombeada. Inclinando-me, termino de retirar a boxer e a jogo no chão, em seguida, passo a língua da base à ponta, girando levemente por todo o cume. Damon geme profundamente e baixo, inclinando a cabeça para trás no sofá, cerrando as mãos nas almofadas em cada lado.

Chupo a ponta e em seguida o levo tão profundo quanto consigo controlar. A cabeça de seu pau bate na parte de trás da minha garganta a cada investida. Ele geme e leva as mãos até a minha cabeça, os dedos enroscando no meu cabelo. Sua pele é macia e sedosa na minha língua e eu vou no meu ritmo explorando cada centímetro e veia de seu pênis. A sensação e o gosto na minha língua são uma combinação explosiva que me deixa dolorida para ser preenchida. Ele impulsiona os quadris e o devoro tanto quanto consigo, parando de vez em quando para olhar para ele. Aparentemente, a visão de uma mulher de joelhos chupando um pau é ainda melhor quando ela faz contato visual, porque, assim como eu, ele puxa o ar com os dentes trincados. Seu corpo fica tenso e meu cabelo é puxado. Com uma estocada e um gemido gutural, ele goza no fundo da minha garganta. No meu íntimo, fico satisfeita conforme engulo cada gota e, calma e suavemente, lambo-o todo, deixando-o limpo.

— Venha aqui — ordena. Suas bochechas estão rosadas e ele está respirando rápido e com dificuldade.

Obedeço e levanto devagar, alongando lentamente antes de subir em cima dele. Minha abertura paira exatamente em cima de seu pênis ainda ereto.

Ele agarra meu queixo entre o polegar e o indicador.

— Da próxima vez que você disser algo sobre *Andy faz-tudo*, lembre-se apenas do pau que essa sua boca suja reivindicou. — Suas palavras me deixam com mais tesão ainda e, antes que eu possa dizer qualquer coisa, ele se posiciona em minha abertura molhada e me puxa para baixo sobre ele. A deliciosa sensação de ele entrando profundamente em mim, centímetro por centímetro aveludado, me tira o fôlego.

— Agora, cavalgue. — Ele entrelaça os dedos atrás da cabeça e me encara com o olhar intenso.

Olho para a nossa conexão, observando seu pênis desaparecer mais e mais dentro do meu corpo. É perfeito pra caralho. Meu corpo o acolhe tão facilmente. Pressiono a mão na parte de baixo do estômago, deliciando-me com a sensação de plenitude física. Seus olhos seguem minha mão, e, então, voltam a encontrar meus olhos. Roço os quadris nos dele e começo a me mover para cima e para baixo. Inclino-me para frente, para segurar no encosto do sofá, esfregando o clitóris desavergonhadamente nele. As mãos de Damon vão para os meus seios, apertando-os quase dolorosamente e beliscando meus mamilos. Ele se inclina para frente e os chupa, enviando um frisson através de mim, fazendo-me roçar ainda mais forte nele. Gemo mais alto à medida que me aproximo da minha liberação.

— Não pare — ele rosna entredentes, enterrando o rosto entre meus seios. — Por favor. Não pare!

Uma onda momentânea de energia me rasga, fazendo-me perder o fôlego no processo. Jogo a cabeça para trás em êxtase.

— Porra! — eu grito, meu corpo apertando e sugando seu comprimento mais e mais. Cavalgo meu orgasmo... por tudo o que vale a pena.

As mãos de Damon vão para os meus quadris. Seus dedos cravam em mim quando ele dá mais uma forte estocada e se desfaz. Sinto-o estremecer e gozar profundamente em mim, outra vez. *Deus, ele é incrível.*

— Olhe pra mim. — Ele agarra meu queixo, me obrigando a olhá-lo nos olhos, antes que eu tenha a chance de me recuperar. — Sem joguinhos.

Concordo com a cabeça, sabendo muito bem o que ele quer dizer.

— Se você transou com ela, não quero vê-la por perto. De modo algum.

Ele dá um tapinha no meu quadril. É a minha deixa para sair de cima dele. *Lá se vai o meu momento*. Retiro-o de dentro de mim e fico de pé. Damon se levanta e veste a calça.

— Foi só uma vez e não teve importância. Diga ao Brian para te ajudar a encontrar outra designer, se você quiser, mas não vou discutir mais sobre isso. E não quero que você chegue perto daquele imbecil do Andy novamente. — Ele aponta a porra do dedo para mim.

Um frio e não convidativo Damon zumbi ressurge. Ele é muito bom em me fazer sentir usada. Acabamos de fazer sexo. Sexo incrível. Ele gozou duas vezes, pelo amor de Deus. Isso é praticamente inédito para um homem. E já está agindo como se não fosse nada. Como se *eu* não fosse nada. Estou farta disso.

Com raiva, recolho minhas roupas do chão e as seguro firmemente na frente dos seios, de forma protetora.

— Sabe, acredito quando você diz que está tentando, mas não se esqueça de que eu também estou! — grito.

Damon passa as mãos pelo cabelo e observa a minha explosão.

— Você se recusa a *conversar* comigo. Me fode e depois vai embora. Faz eu me sentir usada e como um pedaço de lixo, Damon! Eu amo *você* e estou te esperando, então, se você acha que estou dando mole para o cara da manutenção, está completamente errado! — Visto a roupa rapidamente e saio como um furacão à procura de Hemingway.

Encontro o meu cachorro e me sento no chão, colocando-o no colo e acariciando sua cabeça. *Preciso dar um passeio... Espairecer*. Fui ríspida com ele, o que foi bom, mas só por cinco segundos, e agora me sinto uma completa idiota. Não queria ter gritado com ele. Não sei o que ele está pensando, mas estou me esforçando para descobrir. Se ele se abrisse e conversasse comigo, eu poderia ajudá-lo.

Já faz um bom tempo desde que subi para o quarto. Sei que eu deveria encontrá-lo e pedir desculpas. Isso é o que os casais fazem, não é? Brigam, fazem as pazes e a vida continua. Dou uma batidinha de leve na cabecinha de Hemingway e levanto. Desço descalça mesmo e sigo pelo corredor até o escritório. Ele está sempre lá. Nem preciso mais tentar adivinhar onde ele está. Se não está na cama ou na cozinha, está no escritório. Ouço um grande baque quando me aproximo da porta e, sem perder tempo, abro-a rapidamente.

Damon está se afastando daquele maldito armário, mancando. A parte inferior de uma das portas está com uma rachadura na madeira. Pequenos pedaços lascados se projetam em todas as direções. *Cristo. Ele fez do armário um saco de pancadas. E provavelmente a chutes.*

— O que o móvel te fez?! — exijo aos gritos.

Ele se vira para mim, os olhos brilhando de lágrimas. *Ele estava chorando. Meu Deus!* Agora é que eu me sinto uma merda mesmo. Ele se joga na cadeira atrás da mesa e eu corro até ele, subindo desajeitadamente até montar nele.

— Escute. — Seguro seu rosto com as duas mãos, forçando-o a olhar para mim. — Me desculpe. Nós dois estamos tentando... e isso é tudo o que importa. Não está perfeito e não tem que ficar. Só tem que ser. Sendo assim, basta que seja suficiente. Está tudo bem. É o suficiente. Podemos ser fodidos, mas pelo menos somos fodidos juntos, certo?

Passo o polegar por toda a umidade abaixo de seus lindos olhos tristes e me inclino para beijar sua testa. Ele não faz muito para responder, mas tudo bem. Nem sempre um relacionamento é uma maravilha, mas ele é meu e não vou desistir por nada no mundo. Ele precisa de mim, eu sei disso, mesmo que ele não consiga admitir.

CAPÍTULO DOZE

Lembranças
Um mês depois

É a mesma coisa todos os dias. Damon se levanta e vai para o "trabalho", que geralmente se resume a ele passar a maior parte do dia no escritório, ao telefone e no computador. Ele é dono de uma cadeia de boates, restaurantes, e outras empresas que necessitam de sua atenção. Ele delega ao Brian um monte de coisas e parece ter boa-fé em todos os seus gerentes. De vez em quando, visita os restaurantes e as boates, mas, na maior parte do tempo, trabalha em casa.

Levanto-me e finjo estar lidando com seu comportamento distante bem. Mas não estou. Sinto-me sozinha e ainda sofro pelo velho Damon. Choro na maioria das vezes no meu trajeto para a livraria todas as manhãs. Tento não dar importância para isso em casa porque não quero jogar na cara dele. Preciso acreditar que ele está se esforçando para se recuperar.

A cada quinze dias, vou até a casa do Capitão no meu novo e ostentoso SUV *volvo* para dirigir o carro dele pela redondeza. Não consigo suportar a ideia de ter que vendê-lo e Damon parece estar de acordo, contanto que eu o dirija de vez em quando para que não estrague na garagem. Continuo tentando persuadir Noni a alugar a casa; estou até pensando em adicionar o carro como parte da negociação.

O sedan *Taurus* do Capitão ganha vida com um ronronar satisfeito. Dirigir seu carro me faz sentir perto dele. Ainda consigo sentir o cheiro dele aqui dentro. Cheira à sua terrível e barata loção pós-barba do vidrinho azul; eu sei qual é, ele costumava me pedir, quando esquecia, para comprar quando acabava. Parecia que ele tomava banho com aquela porcaria. Fedia a álcool misturado com sabão em barra, e eu detestava. Agora estou pensando em comprar um frasco só para sentir o cheiro dele quando a saudade apertar. Para lembrar do meu Capitão. *Meu*. Ele foi a minha família.

Passei sete anos na companhia dele e a única coisa que pode me roubar isso é o tempo. Tenho as lembranças, por enquanto. Mas elas vão desvanecer, assim como as lembranças de *maman* e *papa*. Depois de dezesseis anos, minhas preciosas memórias se desvaneceram tanto que mal lembro da voz de *maman* quando ela cantava para mim. Tenho que fechar os olhos e me concentrar muito para lembrar do rosto do *papa* sorrindo para mim.

Minhas memórias do Capitão ainda estão frescas. Faz pouco mais de dois meses que ele morreu e ainda o vejo de olhos abertos. Ainda sinto o cheiro dele nesse carro. Ainda o ouço na minha cabeça. Mas sei que isso não vai durar; o tempo vai passar e me roubar mais essas lembranças. Estou tão cansada de sofrer as consequências das perdas... Estou irritada por não poder ser uma dessas cadelas sortudas que vivem a vida com um sorriso estúpido no rosto e uma vidinha agradável para exibir.

Sem prestar muita atenção, de alguma forma, consigo chegar inteira à cobertura. Resmungando, estaciono o carro do Capitão e me pergunto se desço do carro ou se o levo de volta para a casa dele primeiro. Estou tão confusa que sinto como se estivesse me escondendo. Não quero mais ser forte e corajosa. Quero que Damon faça tudo melhorar como num passe de mágica. Quero que a minha dor desapareça milagrosamente. Quero a loja totalmente pronta. Tudo ao mesmo tempo enquanto me escondo; de preferência, nos braços de Damon. Isso tudo é uma ilusão de merda. Eu não tenho escolha, a não ser me recompor e passar por tudo isso.

— Uma coisa de cada vez. Resolva uma coisa de cada vez. Damon primeiro. Brian pode levar o carro de volta mais tarde — digo a mim mesma e ao volante. Preciso ligar para a vó. Falar com ela sempre me faz sorrir. Tenho estado cada vez mais ligada a essa velha cômica nos últimos dois meses e meio. Eu a amo loucamente e agradeço a Damon por nos apresentar. Ela e Versan têm a mesma teoria, embora eu chame isso de sentar e esperar. Seja paciente, eles dizem o tempo todo. Estou cansada dessa teoria de merda. Estou prestes a perder a cabeça.

Entro na cobertura esperando duas coisas: Hemingway vir correndo até mim para me cumprimentar e ver Damon no escritório encarando aquele maldito armário, ou me notar com desdém por trás tela do computador. *A mesma merda, todo santo dia.*

Damon, surpreendentemente, não está no escritório. Entro e o procuro, mas não encontro nenhum vestígio dele. Hemingway e eu vamos até o andar de cima... nada. Descemos e vamos até a cozinha.

— Aqui também não, Hemingway. — Verifico meu celular para ver se ele me deixou alguma mensagem ou recado na caixa postal. *Nada*. Volto ao escritório para ver se, por acaso, ele deixou um bilhete. Vou até a mesa e bisbilhoto. Sua mesa está excepcionalmente arrumada, sem qualquer papel interessante espalhado ou qualquer coisa. Dou um esbarrão na mesa com o quadril e a tela do computador acende. Um e-mail aparece e meu foco vai direto para a tela. Sento e olho mais de perto.

```
Sei que brigamos da última vez que nos vimos, mas eu te
amo muito e sempre amarei. Soube que está namorando, então
imagino que seja por isso que não tenho tido notícias suas.
Gostaria que você conversasse comigo. Podemos nos encontrar
no nosso lugar de sempre? Me liga.
    Elise
```

Sinto meu sangue começar a ferver até eu ler o nome no final do e-mail. De imediato, me lembro que a vó disse que o nome da irmã de Damon é Elise. Pelo que entendi, eles raramente se falam ou se veem. Mais uma coisa para eu perguntar a vó: sobre a relação deles. Provavelmente, ele saiu para se encontrar com ela. Quando me levanto, percebo que a chave que tranca a porcaria do armário está ao lado do computador. Eu juro, o relacionamento dele com o armário é melhor do que comigo. Olho para Hemingway, buscando sua aprovação.

— Não me julgue — sussurro. Hemingway inclina a cabecinha para o lado e me observa pegar a chave e, descaradamente, ir até o armário. — Eu estava morrendo de curiosidade para saber o que ele guarda aqui. Você está curioso também, não é, Sr. Hemingway? — Olho a chave com curiosidade antes de colocá-la na fechadura do armário. Com uma meia-volta, a porta abre.

— Que merda é essa? — Franzo as sobrancelhas com a visão de dezenas de cadernos. Estão amontoados em três pilhas altas. São muitos cadernos. Pego um de cima de uma das pilhas. É um caderno brochura. A caligrafia rabiscada de uma criança no espaço reservado ao nome revela o proprietário:

Damon Cole - 1989

Ele devia ter aproximadamente dez anos em 1989; apenas um ano mais velho do que eu era na época do acidente. A visão de um Damon novinho surge na minha cabeça, me fazendo sorrir. Posso imaginá-lo como um menino problemático, sorrindo ironicamente; um bigode de leite, e olhos cor de âmbar curiosos. Imagino-o com um cabelo desgrenhado que provavelmente só era penteado quando alguém o forçava. Aposto que ele era adorável. Meu sorriso desvanece rapidamente e arregalo os olhos quando abro o caderno e leio uma linha aleatória. Leio a linha seguinte, a seguinte e a seguinte. Cubro a boca com a mão.

Leio linha por linha do que Damon criança escreveu. Estou sem palavras; total e completamente sem palavras. *Ah, Damon...* Minha atenção se volta para o próximo caderno da pilha.

Damon Cole - 1994

— Quinze anos — murmuro. Abro em uma página aleatória no meio do caderno e começo. Leio o máximo que consigo até não ter mais forças para continuar. Devolvo o caderno à pilha. Puxo outro mais do fundo ainda. Um papel dobrado desliza de dentro de um dos cadernos e me inclino para pegá-lo. Abro o documento. É a certidão de nascimento dele. Procuro pelo nome de seus pais. "Pai: Edward William Cole, 25, Las Vegas, Nevada". "Mãe: Beverly Wynona Davis. 17. Las Vegas, Nevada". *Ele sabe o nome da mãe?! Caramba! Por que não a procurou? Será que já tentou?*

Meu celular vibra, avisando a chegada de um sms. Verifico e vejo uma mensagem de Brian.

Alerta! Chefão está de péssimo humor.

Rapidamente respondo.

Por quê?

Coloco a certidão de nascimento de volta no lugar, na pilha, mas mantenho o último caderno que peguei comigo. Verifico o ano, enquanto espero a resposta de Brian.

Damon Cole - 1996

— O ano do acidente. — Ele tinha 17 anos. O menino grande, no meu entendimento de nove anos.

Meu celular vibra novamente com a chegada de outro sms e jogo o caderno de volta no armário.

Por causa da irmã, Elise. Ele está a caminho de casa.

— Oh, merda. — Envio rapidamente outro SMS para Brian, pedindo-lhe encarecidamente que troque os carros para mim. Corro freneticamente para trancar a porta do armário e devolvo a chave de onde a peguei, ao lado do monitor de computador, antes que Damon chegue. Corro com Hemingway para fora do escritório e me ocupo na cozinha. *Isso será interessante.*

CAPÍTULO TREZE

Salvação

Brian estava certo quando disse que Damon estava de péssimo humor. Ele está matutando sobre algo, mas, obviamente, não me falou nada a respeito. Ainda não se abre. Nem mesmo trocou uma palavra comigo. Jantou e depois desapareceu no quarto. Perco o último fio do meu autocontrole. Já está na hora de colocar as cartas na mesa.

Faço uma rápida parada no escritório para pegar a minha munição e caminho para o quarto com o monte de livros nos braços. Está pesado, mas estou tão pilhada pela adrenalina e um misto de emoções, que o peso dos livros não é nenhum obstáculo.

Ele está sentado na cama, encostado na cabeceira e com uma expressão de indiferença, que passei a desprezar.

— Você sabe ao menos por que estou aqui? — murmuro, colocando os livros no pé da cama. Olho-o de relance, com a mesma expectativa lamentável que o olho a cada vez que nossos olhares se encontram e finalmente vejo vida, ou, pelo menos, emoção neles. É patético. Sinto-me como um cachorro implorando por um pouco de comida. Sei que não é culpa dele. Sei disso melhor do que ninguém, mas perdi a paciência. Estou em ponto de ebulição e não suporto mais ser rejeitada.

— Vejo que ainda está de férias. Deve ser mais fácil desistir! Você simplesmente jogou a porra da toalha e se afastou da realidade, não é?! — falo com os dentes tão cerrados que sinto dor na mandíbula.

Ele não olha para cima. E mal pisca.

— Damon, estou te implorando. *Implorando!* Volte. Eu não aguento mais. Estou me sentindo sozinha pra caralho. Pare com isso! — Nem o fato de eu implorar o faz ter qualquer tipo de reação. Apenas resolveu me encarar, mas seus olhos cor de âmbar permanecem vazios.

— Eu encontrei uma coisa hoje. Quer saber o que é, Damon? — Pego um dos cadernos e abro. Antes de começar a ler, dou uma olhada para ele. Não sei se é imaginação minha, mas posso jurar que seu peito está subindo e descendo um pouco mais rápido do que antes. *Por favor, vamos resolver isso.*

— Encontrei todos esses cadernos. Um monte deles empilhados no armário do escritório. Então, você deve imaginar a minha surpresa quando decidi ser intrometida e ver o que tinha neles. — Coloco o dedo numa linha qualquer e a leio:

— *Não sei por que ele acha que eu roubei dinheiro de sua carteira.* — Eu li. — *Não fui eu. Ele não quis me ouvir e... agora, meu lábio precisa de pontos. Eu só o odeio porque ele me odeia.* — Olho para ele e agora sei que não é a minha imaginação. Ele definitivamente está respirando com mais dificuldade. Fecho o caderno e, em seguida, o jogo como um *frisbee* do outro lado do quarto.

Ele se assusta com o barulho, mas ainda não me olha.

— Isso não foi culpa sua — disparo com os dentes cerrados. Pego outro caderno e o abro.

— *Não sei por que ele me odeia. Gostaria de saber, porque talvez eu pudesse corrigir isso; ser uma criança melhor e, então, ele iria me amar. Adoraria que ele me amasse.* — Arremesso o caderno, que cai perto do outro. Estou fazendo a porra de um monte com os cadernos que relatam a infância abusiva de Damon!

— Não é culpa sua, Damon. É desta merda que você está fugindo, ou é de mim? Hein? Responda-me! — Meus lábios tremem e pego um caderno. *Mais um.* Meu olhar pousa no meio da página e meu coração aperta.

— *P-Por que... ele usa um cabide?* — Acho que vou vomitar, mas continuo. — *O cabide é o pior, especialmente quando ele aquece com o i-isqueiro.* — Arremesso o caderno como se estivesse pegando fogo. Lágrimas rolam pelo meu rosto e estou arrasada e desesperada por ele.

As bochechas de Damon estão coradas. Seu peito sobe e desce quase como se ele estivesse ofegante. As mãos dele apertam o cobertor com tanta força que os nós dos dedos estão quase brancos.

— Essa merda não foi culpa sua também. — Antes que eu me dê conta, já estou abrindo outro caderno. Meus olhos batem direto numa linha mais escura no final de uma das páginas.

— *Talvez, algum dia, alguém possa me salvar.*

Fecho os olhos e absorvo a dor que vem com sua frase terrível. Com os olhos fechados, arremesso o caderno para juntos dos outros, no chão. Ele cai na pilha e Damon recua novamente. *Meu pobre gostosão.*

— Não. É. Culpa. Sua. — Meu olhar está bloqueado num Damon desmoronando. Eu o vejo voltando. Ele não pode lutar contra isso. Não pode lutar comigo. Dou um passo hesitante em direção a ele na cama. — Não é culpa sua — repito, agora em um tom mais suave.

Suas sobrancelhas estão franzidas, mas seus olhos ainda estão focados em um ponto que não sou eu. Lágrimas escorrem pelo seu rosto.

— Não é culpa sua, Damon.

Sua cabeça sacode para frente e para trás. Seu maxilar está cerrado. Ele range os dentes. Dou outro passo para mais perto dele.

— Nada disso foi culpa sua — digo baixinho.

— Pare! — ele berra tão alto que pulo para trás.

Não sei se fujo ou caio de joelhos em alívio. Não faço nenhum dos dois. Fico congelada no lugar. Sei que fui longe demais para recuar agora.

— Não! Você queria alguém para te salvar dessa merda? Bem, aqui estou *eu*. Deixe-me te salvar. Você era uma criança inocente. Nada disso foi sua culpa, nem o acidente.

— Não! Pare! — Sua voz estrondosa ainda me assusta pra cacete, mas não vou desistir.

Alcanço as mãos dele e as solto do cobertor.

— Eu vou te salvar. Você tem que me deixar te salvar. — Guio uma de suas mãos grandes pelo meu estômago e a pouso no meu peito, bem em cima do meu coração. Elas estão trêmulas. — Meu coração bate por você. Deixe-me te salvar.

Ele olha para os lados, antes de focar o olhar no meu. O turbilhão de emoções que vejo em seus olhos é angustiante.

— Por favor, meu amor.

Ele agarra minha blusa e fecha os olhos.

— Eu s-sinto tanto... tanto. — Sua voz é falha e trêmula, e eu deixo escapar um suspiro como se o estivesse segurando por uma eternidade. — Me perdoe.

— *Shh*. Está tudo bem agora — sussurro enquanto subo na cama e monto em seu colo. Mais lágrimas caem de seus olhos cor de âmbar e meu coração se estilhaça novamente. Vê-lo tão perturbado é doloroso demais para mim. Não o quero infeliz.

Nem magoado.

— Eu queria te contar. Fui tão estúpido. Coloquei você no inferno. Eu... — Ele continua chorando e não consigo mais suportar vê-lo assim. Puxo-o para mim. Seus braços envolvem minha cintura e sua cabeça repousa no meu peito. Sinto seu corpo chacoalhar enquanto soluça, desmoronando completamente. Trinta e três anos de tormento que chegam ao auge, e estou aqui para vê-lo cair aos pedaços.

E estarei aqui para juntar todos os pedaços novamente.

— Olhe pra mim — digo, depois de um longo tempo. Afasto sua cabeça do meu peito para que eu possa olhar para ele. Esse olhar me derrete toda.

— Eu te amo, Damon. Você vai superar isso. *Nós* vamos superar isso. *Juntos*.

Seus olhos se fecham e ele respira profundamente. Sou obrigada a me inclinar para frente para pressionar os lábios em sua testa franzida. Passo os polegares sob seus olhos, enxugando as lágrimas que ainda caem. Seguro seu queixo e inclino a cabeça para trás para que ele olhe para mim. Meu doce homem quebrado precisa de mim. Na verdade, não tenho certeza de quem precisa mais de quem nesse momento. Preciso me sentir próxima a ele novamente. Preciso me sentir querida por ele e ele precisa sentir-se de qualquer forma, menos torturado. Inclino-me e pressiono os lábios nos dele. É como se eu não o beijasse há milênios. A sensação de sua boca na minha é como respirar pela primeira vez. Dolorosamente perfeita. E me faz sentir completamente ciente de que amá-lo pode ser doloroso pra caramba, mas ficar sem ele é uma agonia infernal.

CAPÍTULO CATORZE

Promessas

Continuo sentada em seu colo, como uma perna em cada lado do corpo, segurando seu rosto cheio de lágrimas. Ainda estou absolutamente chocada por Damon ter sido abusado tão terrivelmente pela pessoa que ele chama de pai. Parte meu coração ver este homem forte, determinado e bem sucedido tão atormentado pelo passado.

— Se você quiser ir embora, eu vou entender — ele expressa, cansado.

— Você está louco? Por que acha que eu iria querer ir embora? — Viro a cabeça rapidamente como se tivesse levado um tapa. — Eu não fui embora antes, por que iria agora? — Ele perdeu totalmente o juízo se acha que eu sairia correndo justo agora que acabei de tê-lo de volta.

— Porque agora você sabe de tudo. Você leu. — Ele baixa a cabeça, envergonhado, e me rasga vê-lo tão derrotado.

Levanto o rosto dele e encaro fixamente seus olhos cansados.

— Ouça-me, Damon Cole. Não sou uma expert no assunto, mas acho que amar é isso: saber a verdade nua e crua e não dar a mínima. Isso não faz a menor diferença. — Aponto em direção à pilha de cadernos que joguei por todo o quarto. — Aquilo não é você. Aquilo não te define. Não *nos* define. — Gesticulo entre meu peito e o dele, encostando minha testa à dele. — Nós nos definimos.

— Nós nos definimos — ele repete.

— Sim, Damon. Nós. Ninguém mais.

E, num piscar de olhos, vejo a preocupação deixar seu rosto. Aquele olhar afetuoso que eu tanto senti falta está de volta. Envolvo os braços em seu pescoço e o abraço apertado. Seus músculos relaxam sob meu toque e fico tão aliviada que poderia gritar. Cheguei a pensar que ele poderia ser sempre aquele zumbi. Estou feliz por estar errada.

Com um simples movimento, Damon me vira de costas, seus quadris convenientemente se estabelecendo entre as minhas coxas. Ele se apoia sobre os cotovelos, me olhando com um sorriso hesitante.

— Eu vou te fazer feliz, Josephine.

Eu não o vejo sorrir há quase dois meses e isso me deixa quase tonta de tão entusiasmada. Deixo escapar uma gargalhada estridente de menininha e seu sorriso se alarga. Levanto a mão para acariciar sua bochecha com o dorso dela.

— Você já faz. — É a verdade. — Quando você diz coisas assim, é toda a prova que preciso de que escolhi sabiamente. Escolhi um homem maravilhoso, carinhoso e corajoso. Eu só queria que você pudesse enxergar o quão incrível você é.

— Eu também gostaria. Gostaria que nós dois pudéssemos. Um dia, Josephine... Um dia, nós vamos convencer um ao outro de que somos pessoas realmente boas.

Ele suspira contemplativamente e, em seguida, abaixa a boca na minha, me beijando a ponto de perder o fôlego. Seus lábios são suaves, mas firmes contra os meus. Sua língua desliza por entre meus lábios para acariciar a minha. Gemo em sua boca e ele aprofunda o beijo. Mordo seu lábio inferior e ele rosna apreciativamente. Este Damon, meu gostosão, é uma tortura perversa e eu adoro. Ele me beija castamente mais uma vez antes de se afastar.

Colocando-se de joelhos, ele agarra a barra da minha

blusa, puxando-a rapidamente pela cabeça. E, de verdade, sinto borboletas no estômago quando ele desabotoa minha bermuda e a puxa pelas pernas. Seus olhos correm pelo meu corpo de forma avaliadora enquanto permaneço deitada debaixo dele, apenas de calcinha e sutiã. Ele tira a camisa. Seu peito é uma visão que nunca canso de ver. É uma obra-prima perfeitamente definida que me deixa salivando para beijar cada centímetro. Damon se levanta para remover a calça e o observo enquanto retiro o sutiã. Ele está no comando hoje e isso é apenas mais uma razão pela qual adoro meu homem safado. Com um rápido puxão, minha calcinha se junta à pilha de roupas no chão ao lado da cama. Ele se ajoelha de novo entre as minhas pernas, nu em toda sua glória, seu pênis balançando pesadamente e totalmente ereto e pulsante. Meu coração dispara em antecipação.

Damon se inclina, descansando em seus antebraços, me prendendo sob seu belo corpo. Então, beija meu pescoço com ternura. Fecho os olhos. Esse é um local que ele sabe que eu amo e me contorço embaixo dele. Ele vai deixando rastros de beijos ardentes atrás da orelha, no queixo e na minha boca. No momento em que seus lábios capturam os meus, seu pau invade minha abertura molhada, mergulhando completamente em mim. Perco o fôlego. Cravo as unhas em suas costas musculosas. Sua língua acaricia a minha. Cada impulso de seus quadris parece estar em sincronismo perfeito com a língua. Ele devora minha boceta e boca ao mesmo tempo e nunca me senti tão completamente dele, até agora. Eu o deixo tomar-me tanto quanto possível. O ritmo não é lento, mas também não é rápido. Sinto a ponta protuberante de seu delicioso pau em meu ventre. É uma sensação de euforia que passei a amar e ansiar. Sei e ele sabe que é o único homem a ir lá. E espero que seja o único homem a conhecer meu corpo tão intimamente.

Minha sensação favorita começa a brotar dentro do âmago, que aperta e se agita a cada estocada. Solto um enfático gemido. Damon suspira em resposta. Seu ritmo acelera. Meus dedos enrolam e retesam. Minha respiração trava. A sensação no meu estômago explode violentamente, enviando ondas de choque de prazer que rugem pelo meu corpo. Tremores fazem meus membros estremecerem quando atinjo o auge do meu orgasmo. O olhar de Damon está fixo no meu e uma gota de suor brota em sua testa quando ele dá mais duas estocadas profundas em mim. Seu corpo estremece e retesa enquanto ele derrama dentro de mim, se entregando a cada gota.

Não lembro da última vez que me senti tão satisfeita. Acho que nunca. Deito com a cabeça em seu ombro, traçando com a ponta do dedo cada linha, cada músculo e cada cavidade de seu corpo nu.

— Versan sabe sobre esses cadernos? — Inclino a cabeça para trás para que possamos nos olhar.

— Acho que mencionei que eu costumava escrever, mas ninguém nunca leu. Você é a primeira.

Sua confissão não me surpreende. O que me impressiona é que ele está falando comigo, mesmo que seja no calor do pós-orgasmo. *Isso é um progresso!*

— Por que você os guarda?

— Para lembrar o quanto o odeio.

Levanto-me, apoiando no cotovelo para encará-lo.

— Acho que Versan deve saber sobre eles. Se ele os ler, poderá te ajudar com tudo isso. Você não pode guardar essas coisas para sempre.

Ele assente. Sei que sabe que estou certa.

— Vou levá-los para ele — diz baixinho.

— Promete?

Ele abre um sorriso torto, me fazendo derreter por ele novamente. Eu senti falta pra caramba desse sorriso.

— Prometo.

CAPÍTULO QUINZE

Casa

Já faz um mês desde que meu Damon voltou. Um mês divino, tórrido e de puro êxtase. Fazemos amor todos os dias. Fazemos quase todas as refeições juntos. Ele até aderiu ao meu ritual matinal, indo ao *The Diner* comigo. Noni flerta e baba por ele todos os dias. Ela está sempre corando e ajeitando o cabelo; sempre arruma o avental quando nos vê entrar. É cômico pra caramba.

Sua relação com as outras pessoas também tem progredido bastante. Ele e Elise têm se encontrado a cada quinze dias para jantar; parecem estar se tolerando novamente. Já voltou a trabalhar em tempo integral e tanto Brian quanto Dr. Versan dizem que ele está muito bem. A consulta com o psiquiatra continua uma vez por semana, e, mesmo não conversando comigo sobre ela, ele parece um pouco mais tranquilo depois de cada sessão. A reforma da loja está indo bem também. Damon aparece para almoçar comigo quase todos os dias e conversamos sobre todas as minhas ideias. Espero que tudo ocorra dentro do cronograma, pois faremos uma grande reinauguração dentro de algumas semanas.

— Então, você acha que essa é uma boa ideia?

— Acho. Você disse diversas vezes que a Noni é incrível. Ela parece ser a mulher certa para o trabalho. Acho que você deveria falar com ela. — Damon dá um tapinha na minha perna, me tranquilizando, assim que estaciona o Volvo na frente do *The Diner*.

— Perfeito. — Eu estava pensando em falar com a Noni de qualquer maneira, mas adorei saber que conto com seu apoio na minha decisão. — Já decidiu procurar saber alguma coisa sobre sua mãe? — pergunto, mudando completamente o assunto.

Ele me lança um olhar que explicita exatamente o que está pensando e eu recuo. Da última vez que perguntei, ele disse que iria pensar no assunto; acho que ainda está pensando. Entendo que ele sinta um ódio terrível dessa mulher, mas não consigo deixar de pensar que, lá no fundo de tudo isso, meu gostosão musculoso é só um garoto que espera há um longo e tenebroso tempo que sua mãe volte para reivindicá-lo.

— Tudo bem, sei que ainda está indeciso, então talvez você devesse perguntar a Brian o que ele pensa sobre isso. E se perguntarmos a Elise, Brian, Noni, Dr. Versan e vó? Podemos fazer uma votação para saber se é uma boa ideia. — Empurro-o com o ombro conforme entramos na lanchonete e ele balança a cabeça, descartando facilmente a minha ideia. *Ele não está pronto.*

Assim que nos vê, Noni cora, ajeita o cabelo castanho e endireita o avental. Em seguida, vem ao nosso encontro. Estou começando a ficar nervosa com a minha proposta. *E se ela pensar que sou louca?*

— Bom dia, Jo, Damon. — Noni vira na direção de Damon e lhe dá um leve aceno de cabeça. Damon dá um breve sorriso em resposta e volta sua atenção para o cardápio em cima da mesa.

— Bom dia, Noni — eu digo assim que sento em nossa mesa habitual. Nem me incomodo com o cardápio. Sempre peço a mesma coisa. Damon, no entanto... Meu gostosão gosta de provar de dois a três itens diferentes no café da manhã.

— Você sabe o que eu quero — murmuro, e depois olho para Damon, que ainda está olhando o cardápio.

— Eu quero café e o especial, mas pode ser com duplo bacon e dois ovos? — Damon fecha o cardápio e dá a Noni seu característico sorriso torto.

Noni luta para esconder seu sorriso estúpido. Ela assente e finalmente anota nosso pedido, depois volta para a cozinha.

Brinco com uma mecha do cabelo e sorrio para Damon como uma idiota apaixonada. *Tô nem aí...* Definitivamente, agora sou uma dessas que "enxergam o mundo cor-de-rosa". Gosto de viver a vida. As coisas estão começando a entrar nos eixos e me sinto extremamente satisfeita. Ainda sinto falta do Capitão e dos meus pais diariamente, mas Damon está ao meu lado para aliviar a dor. Também percebe quando estou num momento emocionalmente ruim. Ele é a pessoa que me resgata quando estou cansada de nadar e começo a me afogar. Todo mundo deveria ter alguém, *qualquer pessoa*, que pudesse vir a seu resgate.

— Vamos fazer uma aposta — ele diz, do nada.

Ergo as sobrancelhas. Adoro um bom desafio, tanto quanto o desafiador. — O que você tem em mente, gostosão?

— Aposto cinco dólares que você não vai convidá-la quando ela voltar à mesa.

— Fechado. Espero que você tenha uma nota de cinco na sua carteira de grife. — Olho por cima do ombro e localizo Noni. *Timing* perfeito; ela está retornando com o café na mão. Estico o braço, a mão aberta na frente dele, com a palma virada para cima, enquanto olho para Noni.

— Obrigada, Noni. Ei, você quer gerenciar a cafeteria na loja? — deixo escapar. Observo Damon balançando a cabeça e pegando a carteira pela minha visão periférica.

Noni ergue as sobrancelhas em um misto de surpresa e confusão.

— O quê?!

Por um segundo, me preocupo que ela possa deixar cair a jarra de café; suas mãos estão tremendo muito.

— Lembra? Eu te contei que ia adicionar uma cafeteria à livraria durante a reforma, porque servir café, muffins e essas merdas atrai clientes. — Ela concorda com a cabeça. — Bem, preciso de uma barista ou do que quer que seja chamado. Você serviu meu café todas as manhãs durante anos, e Damon e eu concordamos que você é a mulher perfeita para o trabalho.

— Eu? — O queixo dela tremula e a choradeira começa. *Ai, merda.* — E-Eu... Seria tempo integral?

— Sim. Horário da loja.

Ela para por um minuto, um vinco de preocupação entre os olhos.

— Você tem certeza, Jo? Eu não sei nada sobre gerenciar uma cafeteria.

Estendo a mão para pegar a dela.

— Noni, eu também não sei como se administra uma cafeteria. Confio em você, e acho que podemos aprender o resto juntas.

— Vou aceitar! — Ela abre um sorriso radiante para mim e Damon.

— Você não quer nem saber o salário?

— Qualquer coisa é melhor do que aqui — ela sussurra.

Damon bate uma nota de cinquenta dólares na minha mão e encolhe os ombros.

— Você venceu. Troco?

— Nem pensar, gostosão. — Guardo rapidamente meu prêmio no bolso, toda orgulhosa. Sei que isso vai dar certo.

Noni enxuga as lágrimas e abre um sorriso que nunca vi e que ilumina o ambiente.

— Quando você pode começar?

Ela olha por cima do ombro para sua chefe, Margaret, que está limpando o balcão e conversando com outros clientes regulares.

— Margie! Eu me demito!

Margaret olha para cima e revira os olhos.

— Você se demite toda semana. — Margaret mantém sua tarefa de limpeza, enquanto nós três rimos do comentário mal-humorado dela.

— Passe na loja amanhã, ok, Noni? Vamos conversar sobre planejamentos, salário e tudo mais.

Ela assente, incapaz de parar de sorrir.

— Obrigado, Jo — ela sussurra. — Você também, Damon. Vocês não sabem o quanto isso significa pra mim.

Depois do meu ritual matinal com Damon, eu o deixo na cobertura para "trabalhar" e sigo para a loja. Ele promete que vai ficar em casa todo o dia fazendo ligações, e que, se for sair, deixará o nosso garoto peludo na loja. Hemingway não gosta de ficar sozinho.

Meu dia passa num borrão e, antes que eu perceba, já são quatro e cinquenta da tarde. Volto para o meu escritório recém-reformado e recolho minhas coisas. Sorrio para foto do Capitão na minha mesa, beijando meu dedo indicador e pressionando-o na moldura de vidro.

— Está ficando bonito, hein, Capitão?

Saio do escritório e dou uma última olhada na loja. Novas prateleiras foram instaladas. A pintura é nova e vibrante. Lustres em formato de pêndulos dão uma iluminação aconchegante. Cadeiras aveludadas, iguais às da biblioteca de Damon, estão espalhadas aleatoriamente. A pequena cafeteria perto da entrada está quase pronta. Tem até um balcão refrigerado de vidro para expor as guloseimas que decidirmos vender: muffins e bagels, acho. Tenho que discutir isso com a Noni. Ela é uma garçonete experiente e vai saber o que servir com café. Caixas e mais caixas de livros estão empilhadas, somente esperando para encher as prateleiras. Damon fez tudo isso acontecer e ainda me sinto atônita por ser tão sortuda em ter um homem que me ama e apoia meu sonho.

Paro de admirar minha linda loja e me preparo para sair. Pego o celular, penduro a bolsa no ombro e vou até o sistema de segurança. Ativar essa porcaria ainda é bastante complicado para mim, então, cuidadosamente, digito o código e seleciono o botão "armar". Isso me dá sessenta segundos para dar o fora antes que ele ative. Corro porta afora e a fecho com uma das mãos enquanto ligo para Damon com a outra.

Ele atende no primeiro toque, mas com um tom de poucos amigos.

— Oi, amor.

— Ei, por que esse tom irritado? — Vagueio na frente da loja, andando para lá e para cá, admirando o letreiro escrito "Reinauguração em breve".

Damon suspira alto.

— Minha irmã se convidou para jantar. Ela diz que temos que conversar, mas, se quiser, posso me livrar dela.

— Não, não, sem problema. Temos mesmo que nos

conhecer em algum momento, não é? Vou cozinhar algo bem gostoso. O que você vai querer comer? — Quase posso ouvi-lo sorrir diabolicamente. *Homem safado.* — E não. Não sou o jantar. Sou a sobremesa.

— Ah, isso você pode ter certeza. Faça aquela coisa de batata e queijo de novo — ele diz, soando muito animado para comer a minha pobre caçarola. Estou começando a pensar que ele tem uma queda por comida caseira e simples. Comemos macarrão com queijo, uma vez por semana, nas últimas três ou quatro semanas, a pedido dele.

— É pra já, gostosão. Nos vemos daqui a pouco.

— Tchau.

Desligo e ando apressada até o carro para que possa chegar logo em casa. *Casa.* É uma palavra que ainda me deslumbra. Tenho uma casa e é com Damon e Hemingway. Eu não poderia desejar nada mais.

CAPÍTULO DEZESSEIS

Convidada para o jantar

Aponto meu elegante chaveiro na direção do carro para destravar a porta. Jogo a bolsa no banco do passageiro, e então me preparo para entrar.

— Jo?

Viro para ver quem chamou meu nome.

— Andy? O que você está fazendo aqui?

Ele ri, mostrando os dentes brancos e perfeitamente retos.

— Meu apartamento é perto daqui. Resolvemos mudar nosso percurso; acho que Spot estava ficando entediado com o antigo.

Olho para o cão, e a primeira coisa que noto é que é um labrador preto.

— Você deu ao seu labrador todo preto o nome de Spot?

Andy dá de ombros e olha para baixo.

— Muitos cães se chamam Spot.

Franzo as sobrancelhas e balanço a cabeça.

— Qual é o problema com vocês homens que não têm capacidade de dar nomes aos seus animais de estimação?

Andy "faz-tudo" solta uma gargalhada profunda e inclina a cabeça.

— E que nome você daria a ele?

Agacho e seguro o focinho de pelo sedoso e lindo de Spot. Seus olhos cor de chocolate me observam enquanto o avalio calmamente. Esse é fácil.

— Chaucer. Definitivamente um agradável nome poético para um cão. — Levanto e coloco uma mão no quadril, satisfeita com a minha escolha.

Andy apenas ri, é claro.

— Acho que prefiro Spot.

Gargalho também.

— Claro que prefere. — Sorrio para Andy "faz-tudo" e dou um tapinha na cabeça preta sedosa de Chaucer/Spot.

— A gente se vê por aí, pessoal.

— Sim, espero que sim.

Reviro os olhos e solto uma gargalhada com a observação corajosa de Andy.

— Tchau, Andy. — Deslizo no assento de couro e fecho a porta. Damon não vai ficar feliz comigo por eu ter conversando com Andy "faz-tudo". Não vou nem me incomodar em contar; isso só o deixará mal-humorado, e ele já está irritado graças à Elise. *Essa noite será interessante.*

Quando as portas do elevador se abrem, começo a sentir um friozinho na barriga. A irmã dele não gosta de mim. A estúpida da garota me culpa por Damon não falar com ela enquanto estava se recuperando da overdose. Foda-se ela. Não dou a mínima para o que ela pensa, mas, por amor a Damon, gostaria de, pelo menos, nos tolerarmos. Inferno, talvez possamos até conversar civilizadamente. *Essa é uma boa ideia.*

No momento em que entro na cobertura, ouço a voz profunda

e crescente de Damon. Ele está gritando. *Que maravilha!* Sigo em direção à sala de estar o mais silenciosamente possível. Damon está sentado em frente à Elise. Ela está de costas para mim. Damon me olha imediatamente quando entro. Posso afirmar que ele já está irritado com ela. Elise segue o olhar de Damon e se vira no assento para me ver. Eles não se parecem em nada, e, se eu não soubesse, jamais acreditaria que são irmãos. Pelo menos ela tem os olhos azuis da vó.

Abro um breve sorriso para ela e Damon se levanta para nos apresentar. Elise segue o exemplo, levanta e faz a maior encenação de alisar as rugas de seu vestido de verão sem mangas.

— Elise, esta é minha namorada, Josephine. Josephine, esta é a minha irmã, Elise.

Faço um gesto de boa vontade e dou um passo à frente para cumprimentá-la com um aperto de mão. Ela aceita, mas "suspeita" está estampada em seu lindo rosto. Um silêncio constrangedor se estabelece na sala e aproveito a oportunidade para escapar.

— Elise, é um prazer te conhecer. Vou começar a fazer o jantar e deixá-los conversando.

— Ah, não. Por favor, sente e converse com a gente. Parece que você tem um grande controle sobre o meu irmão. Talvez você consiga colocar algum juízo nele.

Oi?! Estreito o olhar para a espertinha, e depois, encaro Damon. Ele passa as mãos pelo cabelo já despenteado e se estatela no sofá.

— Tudo bem. — Atravesso a sala e me sento ao lado de Damon. Não é de se admirar que ele não queira conversar com ela; a cadela é insistente.

Elise se senta elegantemente de volta no sofá, arrumando o cabelo loiro perfeitamente penteado.

— Eu estava dizendo ao Damon que família é importante. Mesmo quando nem sempre os membros se dão bem, ainda assim têm que se apoiar.

— Para com essa merda, Elise! — A voz profunda de Damon nos assusta. — Não estou surpreso de ele precisar de dinheiro, está sempre precisando. *Estou* chocado por você estar aqui pedindo por ele.

— Ele é nosso pai! — ela grita.

— Então, financie-o você — Damon grita mais alto.

Permaneço sentada assistindo à competição de gritos. Como não tenho irmãos, tudo isso é muito divertido, principalmente quando testam a paciência um do outro.

— Eu não posso. Isaac se recusa a lhe dar qualquer coisa. — Elise baixa o olhar para o colo, claramente envergonhada.

— Parece que meu cunhado e eu temos a mesma opinião sobre aquele imbecil bêbado.

— Por favor, Damon. Parece que é realmente grave dessa vez — ela argumenta.

— Ele te disse quanto deve?

— Quarenta e cinco — ela murmura.

Olho para Damon e o vejo de sobrancelha erguida. Ele finge se divertir e ri alto.

— Ah, não... Que brilhante! Ele acumulou uma dívida de quarenta e cinco mil dólares com algum agiota ou bicheiro, que, provavelmente, o está pressionando há semanas para pagar. *Idiota!* Bem, eu não vou ajudá-lo. Ele vai ter que levar sua surra como homem e descobrir como pagar o que deve.

— E se eles o matarem? — Elise grita, se inclinando para frente. — Você pode comprar uma loja estúpida e um carro novo para uma piranha barata, mas não vai ajudar seu próprio pai?

É minha vez de parecer surpresa e realmente estou. Ela é ousada, e muito, mas me insultar diante do meu nariz? Depois de me pedir para ficar e conversar com eles?!

Damon rapidamente se levanta. Sua respiração está pesada. O rosto, supervermelho.

— Josephine significa mais para mim do que ele jamais significará. Prefiro jogar no lixo cada centavo que já ganhei a dar qualquer coisa para aquele homem. E essa é a primeira e última vez que você se refere dessa forma à mulher que eu amo. Faça isso de novo e estará morta pra mim. Agora, caia fora! — ele grita.

Sorrio por ele me defender com tanto amor. Meu gostosão pode ser bastante intimidante.

— Damon... — ela protesta.

— Fora! — ele berra, apontando o dedo para a porta.

Elise vira a cabeça como se tivesse sido esbofeteada. Caminha em direção à porta e quase me sinto mal por ela. Está bem claro que ela não sabe nada sobre o relacionamento de Damon e Edward, e o que ele já sofreu nas mãos do pai. Damon me disse que ninguém sabe. Só eu e Versan; embora imagine que a vó faça alguma ideia. Dou um passo à frente e coloco as mãos em seu peito. Seu coração está acelerado. Ele precisa esquecer essa merda toda. Talvez devêssemos pular o jantar e ir direto para a sobremesa.

CAPÍTULO DEZESSETE

Capa de livro

— Olhe pra mim. — Seguro seu rosto, que estava virado para a porta, com as duas mãos e o puxo para mim.

Ao resistir, fico na ponta dos pés para beijá-lo com todo o amor que tenho. Ele precisa aliviar o estresse e sei exatamente como fazer isso. Ele geme quando deslizo a língua em sua boca e exploro a dele. Afasto-me apenas por uns segundos para que eu possa olhá-lo nos olhos.

— A sobremesa está pronta — murmuro em seus lábios.

— Você leu a porra do meu pensamento — ele murmura de volta, e então se abaixa, me agarra pela cintura e me joga por cima do ombro. Gargalho e bato em sua bunda, brincando, conforme pendo em suas costas. Meu cabelo balança a cada passo. Sou carregada até a cozinha. Fui o aperitivo dele aqui uma vez. Nada mais justo que agora eu seja a sobremesa.

Ele se agacha e gentilmente me coloca de pé. Então, se ajoelha na minha frente, em um joelho, e olha para cima. Meu coração para por um instante quando me dou conta do quão incrível ele parece de joelho, diante de mim. Ele sabe exatamente o que está fazendo também, porque sorri maliciosamente. *Idiota.*

— Hoje não, Josephine — ele diz sorrindo, levantando um dos meus pés e tirando minha sandália de salto. Beija docemente meu tornozelo, então, coloca o pé de volta no chão.

Levanta o outro pé, retira a sandália e repete o mesmo gesto sensual.

Sou grata por ele não estar olhando meu rosto, que agora está vermelho de vergonha. Tenho certeza de que ele viu minha expressão. A imagem dele, num só joelho, agora está queimando na minha memória e me fazendo pensar em todos os tipos de coisas. Sou rapidamente distraída quando suas mãos grandes deslizam por baixo do meu vestido de algodão, subindo pelas minhas pernas, até minha bunda. Ele se inclina e repousa a cabeça no meu estômago por um momento. Vejo seus cílios vibrando. Sinto-me tão adorada... Tão valorizada...

Seus dedos engancham na minha tanga de renda, já úmida, e a deslizam lentamente para baixo. Dou um passo para fora, quando ela atinge meus pés e Damon a empurra para o lado, no chão da cozinha. Ele se levanta e agarra meus quadris para me erguer. Estou sentada no balcão, esperando. Ele sorri diabolicamente e vai até a geladeira. Com a porta aberta, não consigo ver que merda ele está aprontando. Ao fechar, Damon está segurando o que foi pegar.

— Morangos a la Josephine, minha nova sobremesa favorita.

Meu estômago dá mil cambalhotas. Não faço a menor ideia do que ele planeja fazer com os morangos, mas tenho uma nítida sensação de que vou gostar. *Muito.*

Ele abre a embalagem e escolhe sem pressa um morango grande e bem vermelho. Segura-o como se fosse um troféu.

— Incline-se para trás — ele sussurra.

Imediatamente faço o que é pedido. Ele suspende o meu vestido, me deixando completamente exposta da cintura para baixo. Após mais uma avaliação, ele lambe seus deliciosos lábios, e, em seguida, levanta e dobra minhas pernas. Meus joelhos dobrados agora estão em cima de seus ombros.

Meu estômago se agita. Meu centro formiga e anseia sentir sua boca em mim. O morango na mão dele desaparece no meio das minhas coxas. O ar frio bate no meu clitóris latejante quando Damon sopra em mim. A ponta fria do morango me assusta. Ofego quando o sinto mergulhar na minha boceta escorregadia. Damon desenha lentamente o morango na abertura do clitóris negligenciado. Meu coração dispara. Ele leva o morango à boca e dá uma mordida. Então o segura para mim.

— Prove — ele exige.

Abro a boca e o deixo me alimentar com o morango. Mordo a fruta. Damon me observa atentamente enquanto saboreio o que ele me deu.

— Vê por que *você* é o meu sabor preferido? — ele sussurra.

Fico paralisada em admiração. *Porra, isso foi um puta tesão.* E antes que eu perceba, sua boca pousa na minha boceta molhada e pulsante. Seus poderosos lábios se fecham em meu clitóris, fazendo uma sucção gloriosa, enquanto a língua se movimenta para trás e para frente em cima do meu ponto mais vulnerável. Jogo a cabeça para trás e gemo. Ele murmura seu apreço e isso envia uma sensação de vibração reverberando pelo meu núcleo. Minha respiração está entrecortada. Meu coração bate forte e rápido no peito. Sua língua mergulha no meu canal e começa a atacar lentamente as paredes da minha vagina.

— Ah! — eu grito. Meus quadris levantam por vontade própria, em sincronia com a língua. Meus dedos dos pés enrolam e enrijecem com tanta força que instantaneamente sinto cãibras nos arcos dos pés. Sua língua desliza de volta em meu clitóris. Sinto dois dedos contornarem a borda da minha abertura e depois empurrarem profundamente, fazendo movimentos circulares dentro de mim. Sua boca envolve meu clitóris novamente, mas desta vez a língua agita tão rápido sobre ele que mal consigo respirar. Um orgasmo enlouquecedor floresce na parte inferior da minha barriga. Com mais um curvar de dedos, eu explodo. Suas ministrações diminuem e suavizam enquanto percorro meu clímax. Antes que eu consiga me recuperar ou voltar a respirar, sou jogada por cima do ombro dele novamente.

— Vamos lá, mulher. Agora quero meu prato principal, na cama.

Sorrio maliciosamente, enquanto assisto seus pés subirem a escada. Sem objeções. Podemos jantar na cama todas as noites.

— Miss EUA.

Ouço o Capitão me chamando pelo apelido que ele me deu. Está escuro ao meu redor e, embora isso pareça familiar, não consigo deixar de procurar a luz ao lado da cama. Tateio pela superfície fria da mesinha de cabeceira, mas não consigo encontrar a lâmpada.

— Não tenha medo. Sou eu.

Fico paralisada ao ouvir sua voz rouca. É um conforto. Faz-me perceber quanto tempo já se passou desde que a ouvi. Meu peito parece pesado e dolorido pela melancolia. Em algum lugar no meu subconsciente, sei que isso deve ser um sonho, assim como o outro. Estou em segurança; sei que Damon está do meu lado, na cama, mas ainda estou nervosa e sussurro:

— Sinto falta de ouvir sua voz, Capitão.

— Eu sei. Jo, lembra quando você achou aquele livro na prateleira com a capa errada?

Puxando pela memória, penso nos nossos sete anos juntos e sorrio. Lembrar dos meus tempos com o Capitão é agridoce. Nunca abriria mão dessas lembranças, mas pensar nele agora é o mesmo que reabrir uma ferida.

— Sim, eu lembro. Era um livro de ficção com alguma capa de livro de autoajuda. Foi tão estranho, né? Você não acreditou em mim até que o peguei para te mostrar.

— Você não pode me culpar por querer ver com meus próprios olhos. Eu não podia aceitar sua palavra para tudo, coração.

— Papel Machê — lembro em voz alta. — Era um suspense cheio de sangue e tripas, mas com a sobrecapa do livro Como fazer Papel Machê.

— Exatamente. Papel Machê. Farinha e água, aquela bagunça francesa que as crianças colocam nos balões para fazer modelos de planetas e essas porcarias.

— Essa coisa do livro deu um novo significado para "não julgue um livro pela capa", né? — eu medito.

— Sim. As coisas nem sempre são o que parecem, Jo. Às vezes, o que se vê não é realmente o que estamos vendo.

— O que isso quer dizer?

Espero um momento, mas ele não responde.

— Capitão? — Nada. *Ele se foi. Mais uma vez.*

CAPÍTULO DEZOITO

Não é o que parece

O sonho que tive ontem à noite foi a única coisa na minha cabeça o dia todo. Cheguei até a esquecer que Noni se apresentaria para trabalhar essa manhã, até que fui ao *The Diner*, e, pela primeira desde que me lembro, ela não estava lá para me cumprimentar. Ainda tive que tomar meu café da manhã sozinha porque Damon teve uma reunião bem cedo, mas não foi a mesma coisa sem a Noni lá para conversar. Não me interpretem mal, estou radiante por ela. Embora não falasse constantemente, ela detestava passar a vida trabalhando no *The Diner*. Mas agora que fui forçada a comer sozinha, me pego pensando que provavelmente fui ao *The Diner* todos esses anos não só pela comida e excelente café, mas também por Noni.

Quando estacionei meu Volvo e andei até a loja, eu a vi de pé na frente. Chocou-me ver Noni usando roupas normais e cabelo solto; só a via vestida de uniforme de garçonete estilo anos cinquenta com cabelo puxado para trás num coque. Uau, ela é uma mulher bonita; aparenta pelo menos uns dez anos a menos com o cabelo solto. Seu cabelo castanho está ficando levemente grisalho e os olhos castanhos são rodeados levemente de rugas, mas, apesar de tudo, o tempo foi muito generoso com ela.

Tenho que aplaudi-la de pé por ter tido coragem de jogar para o alto um emprego de anos da forma que fez. Comentei com ela que Margaret, sua chefe no restaurante, parecia que estava extremamente atolada quando estive lá essa manhã e isso nos fez rir por um bom tempo.

Destranco a porta da loja e mantenho-a aberta para Noni. Ela entra e inspeciona o lugar. Passa dois dedos pelo balcão empoeirado, onde está a caixa registadora, e olha para a sujeira no dedo. É um bom sinal; isso significa que ela está ciente da limpeza. Vai ser bom ter alguém para dividir as funções por aqui.

— A primeira coisa que eu preciso saber é por que seu café é um milhão de vezes melhor do que a merda que a Margaret me serviu esta manhã. — Faço cara de nojo só de lembrar o gosto.

— Jamais vou te contar! — Ela empina o nariz, claramente orgulhosa de qualquer que seja o segredo. — Bem, talvez eu conte algum dia.

Concordo com a cabeça, satisfeita pela resposta. Levo Noni até onde ela irá trabalhar para mostrar o que já temos.

— Então, quando vou conhecer meu supervisor? — Noni pergunta.

Ergo as sobrancelhas e faço uma careta, sem ter uma resposta para dar. Não sei por que ela acha que há mais alguém para trabalhar aqui.

— Somos só você e eu, amiga. A cafeteria é responsabilidade sua. Aquele — aponto o canto da frente da loja onde é o café — é o mundo da Noni. Esse — repito o movimento com o outro braço na direção da caixa registradora — é o desordenado e pequeno mundo da Jo. — Coroo minha explicação com um sorriso. Ela está me olhando como se eu tivesse acabado de contar que as vacas voam. *Qual é a porra do problema?*

— Eu pensei que tinha alguém responsável por mim e pela cafeteria.

Nego com a cabeça.

— Não. É só você. E você não precisa de um supervisor. Eu vi você correr por aquele *The Diner* como uma campeã por anos. Essa é a razão pela qual eu soube que você era a pessoa certa para o trabalho.

Antes que eu perceba, Noni me abraça apertado. *Bem, acho que ela está feliz por estar aqui.*

Passamos o resto do dia trocando ideias, mas o sonho que tive ontem à noite não sai da minha cabeça.

Não é o que parece. As coisas nem sempre são o que parecem. De repente, é como se uma lâmpada se acendesse e sinto que sei o que meu subconsciente está tentando me dizer. *Damon.* Puxo o celular do bolso e envio um SMS a Brian.

Nem dez minutos depois, meu gay favorito entra saracoteando na loja.

— Então, o que houve de tãããooo importante que tive que cancelar meu encontro com o Jeremy para tomar um café? É melhor que valha a pena. Damon me deu a metade do dia de folga, já que tinha algumas coisas para fazer. — Ele cruza os braços como uma menininha e fica batendo o pé.

Ergo uma sobrancelha para ele.

— Que coisas?

— Docinho, se eu soubesse, diria a você, mas não sei, então, do que se trata?

— Não seja a rainha do drama. Preciso da sua opinião e você pode tomar um café aqui. Noni foi testar as máquinas sofisticadas. Noni, venha aqui!

Noni caminha até onde estamos parados. Respiro fundo e abro o bico.

— Bom, Noni não sabe, mas Brianna, sim. Damon diz que odeia a mãe e o pai e que não tem o menor interesse neles. Bem, algo a respeito disso está me incomodando. Simplesmente não acredito que ele realmente não queira encontrar a Beverly. Esse é o nome dela, Beverly. Eu vi quando encontrei a certidão de nascimento dele. Vou tentar encontrá-la.

Avalio o rosto deles. *Choque e mais choque.*

— Bem, digam alguma coisa! — Ponho as mãos na cintura e encaro os dois.

— Isso será a sua sepultura, docinho. Prometo que vou me certificar de que suas flores sejam todas harmoniosas.

Soco o braço dele de brincadeira, em seguida, olho para Noni, esperando sua opinião.

— Eu... uh... Eu realmente não o conheço muito bem, então diria para você seguir sua intuição. — Noni sorri e me dá um tapinha no ombro.

— É isso aí, viu, *Brianna*! Isso se chama dar conselhos. É um conceito estranho que amigos usam o tempo todo — provoco, toda sabichona.

Ele ergue uma sobrancelha perfeitamente depilada e revira os olhos.

— Bem, eu vou te apoiar em tudo, mas fique sabendo que ele vai te matar, tá bom? Ele não está interessado em ter um relacionamento com ela *e* detesta quando você se intromete em seus assuntos pessoais.

Brian tem razão num ponto, mas não me importo. Sei que, em algum lugar lá dentro, ele quer algo diferente do que está realmente dizendo. O maldito sonho foi sobre isso. Tenho que fazer alguma coisa. Já sei o nome dela, agora só tenho que encontrá-la.

— Obrigada pelos conselhos, *meninas*.

Noni ri tanto que chega até a respirar com dificuldade. Brian e eu fazemos o mesmo. O resto do dia passa voando com a gente experimentado diversas bebidas de café que Noni preparou e debatemos se devemos adicionar mais muffins ou cookies ao cardápio, sempre crescente, da loja. Noni já até pensou que, assim que estiver tudo estabelecido, podemos começar a oferecer refeições leves. Minha cabeça está cansada e estou tão nervosa e ansiosa que o dia parece mais logo do que realmente é.

Noni e Brian vão embora por volta das cinco. Quinze minutos mais tarde, desisto de tentar trabalhar e recolho minhas coisas para ir para casa. Com o telefone e as chaves na mão, armo o alarme e ando em direção ao meu carro. Olho para a tela para verificar minhas mensagens e há duas esperando por mim.

Vi a vó hoje. Ela quer te ver. Te amo. -D

Rapidamente vou para a outra mensagem.

Vou me atrasar. Tenho algumas coisas para resolver. Te amo. -D

— Vai se atrasar? — murmuro sozinha. Onde raios ele se meteu? Respondo seu sms perdida em pensamentos, tentando imaginar por onde Damon anda, quando vejo Andy e Spot vindo na minha direção.

— Oi, Chaucer. Oi, Andy. — Aponto o chaveiro para o Volvo, destravo e abro a porta, jogando minha bolsa dentro. — Ele está gostando do novo percurso?

Spot se estatela sentado no chão e ofega.

— Está. Sinceramente, acho que ele gosta mais de vê-la todas as noites do que do cenário propriamente dito. Não posso nem culpar o cara. — Andy abre um sorriso largo para mim.

Cantada um pouco barata, não é mesmo?

— Tá bom, Casanova — eu digo, conforme abaixo para dar um tapinha na cabeça de Spot. Olho para Andy, que está me observando de perto. Ele está começando a me dar arrepios. *Hora de ir.* — Vejo vocês por aí, rapazes.

— Se eu tiver sorte... — Andy comenta em voz alta.

Ignoro seu flerte e entro no carro. Vó pediu para me ver e nunca se sabe o que aquela velhinha safada tem a dizer.

CAPÍTULO DEZENOVE

A Verdade

Sigo em direção à suíte da vó. Tomei tanta cafeína hoje que estou agitada pra cacete. Tenho certeza de que ela só quer me ver porque tenho estado tão ocupada com a loja que não tenho tido tempo de visitá-la, mas nunca se sabe o que a vó quer. Pode ser que ela só queira me mostrar alguma coisa do Andy "faz-tudo".

A primeira coisa que vejo é Elise sentada na cadeira de visitas conversando com a vó, parecendo equilibrada e segura de si, como de costume, vestindo uma saia lápis, blusa sem mangas e saltos. *Perfeita*. Seus dedos brincam com o colar de pérolas e me pergunto o que ela faz para ganhar a vida. Tenho certeza de que Damon me contou; é que ela me deixa tão desconfortável que qualquer assunto sobre ela entra por um ouvido e sai pelo outro. Abro um sorriso forçado e caminho até elas.

— Oi, vó. Elise. — Inclino-me e abraço a vó como sempre faço. Elise nem sequer me olha ou responde. *Cadela*. Apenas desvia o olhar e empina o nariz como se fosse melhor do que eu.

— Então, o que era tão urgente, hein? Há um novo trabalhador braçal que te deixa com tesão e subindo pelas paredes? — Rio, mas a vó não. Puxo uma cadeira da mesa de jantar, já preocupada. — O que está acontecendo?

Vó começa a mexer em alguns papéis em cima da mesa lateral. Ela pega uma carta e a empurra para mim.

— Leia você mesma — ela diz, parecendo exausta.

Cara Sra. Cole,
Em nome de Las Vegas Federal Credit Union, gostaríamos de estender nossos agradecimentos a você pela sua conta de longa data com a gente. Você é uma cliente valiosa e estamos satisfeitos que tenha escolhido a LVFCU para as suas necessidades bancárias. No entanto, o nosso departamento de detecção e prevenção de fraudes recentemente notou uma atividade suspeita e potencialmente fraudulenta em sua conta. Gostaríamos de esclarecer este assunto tão rapidamente quanto possível. Por favor, ligue assim que receber esta carta.

Atenciosamente,
David Herring
Gerente de detecção e prevenção de fraude

Franzo as sobrancelhas e olho para a vó.

— Que merda é essa?

— Parece que *alguém* está roubando a minha avó — Elise diz, em um tom sarcástico. E num sentido enfático que capto imediatamente.

Sinto como se ela acabasse de me dar uma bofetada. Olho atravessado para aquela vadia esnobe e avanço na direção dela.

— Não ouse insinuar que eu faria uma coisa dessas! Juro que se você se atrever a...

— Pare! Agora. Eu sei que não é você — a vó interrompe a ameaça que estava prestes a voar da minha boca. — A minha pergunta é: quem iria roubar um cheque da minha carteira?

Edward.

— Edward! — digo gritando.

Eles se entreolham, surpresas, e depois se viram para mim. *Elas não levantaram a hipótese de ser ele?!* Não é um pensamento agradável, mas ele obviamente seria meu primeiro suspeito. Elise já nos disse que ele está desesperado por dinheiro e Damon deixou claro que não vai dar um centavo ao pai inútil.

— Acho que é possível. Eu chequei minha carteira e o talão de cheque, mas um foi arrancado. Um maldito cheque! — ela grita.

Porra, fico roxa de raiva de saber que alguém se aproveitou da vó. Essa é uma das maiores razões pelas quais acho que ela deveria estar *em casa*, e não aqui. Trinco os dentes e luto para permanecer calma e serena.

— Damon já sabe disso?

Vó nega com a cabeça em desgosto.

— Não. Eu não contei a ele. Só a vocês duas.

— Ah, quer saber? Se o papai roubou alguma coisa, é porque ele está desesperado e o Damon é um idiota egoísta que se recusa a ajudar o próprio pai! — Elise sibila.

Inclino-me para ela e cuspo as palavras mais venenosas que me vêm à cabeça no momento.

— Elise, sua pobre tolinha, imbecil e mal informada! — Sua boca se abre e as narinas dilatam. *Tenho sua total atenção agora.* — Primeiro: ele poderia ter *pedido* o dinheiro a vó, em vez de roubá-lo! E segundo e mais importante: sabe seu amado pai, aquele que você está tentando culpar Damon por não ajudar? Ele também é o homem que causou o acidente que matou os meus pais. Ele espancou Damon até depois da adolescência. É por isso que ele não vai ajudar o desgraçado. Ele foi abusado, verbal e fisicamente, a vida toda pelo próprio pai!

Elise está caladinha, mas sei que está ouvindo. A vó está

mais calada do que já vi, com lágrimas escorrendo pelo rosto enrugado.

— Não acreditam em mim? Vou lhes trazer os cadernos com as anotações de Damon. Lá está cheio de detalhes. Uma vez, seu *papai* quebrou uma garrafa de cerveja no chão, triturando-a em minúsculos cacos com a bota, e depois fez Damon se ajoelhar neles durante horas. Ele aquecia cabides de arame para espancar Damon nas costas nuas. Uma vez, ele quebrou os dedos de Damon, um por um, com a porra de um martelo!

— Não! — Elise cobre a boca e seus olhos enchem de lágrimas.

— Sim! — eu grito. — Sim! Essa merda aconteceu. Seu *papai fez isso! Com o próprio filho!* Seu irmão! Portanto, não se atreva a julgá-lo. Esse monstro não merece um centavo!

— Meu Deus do céu! — sussurra a vó, levando as mãos à cabeça. — Eu devia ter percebido. Sabia que ele era um péssimo pai, mas eu nunca soube... Damon nunca me contou. Eu devia ter percebido. — Vó funga e suas lágrimas se transformam em choro de culpa.

— Não, vó. Não é culpa sua. Damon conseguiu esconder tudo muito bem. De qualquer forma, acho que tudo aconteceu depois que se mudaram da sua casa. Não é culpa sua.

— Vou ligar para ele. — Elise enxuga as lágrimas e puxa o celular da bolsa como se fosse uma arma carregada.

— Quem?! Damon? — pergunto. *Por favor, não ligue para ele. Eu não podia ter contado isso a ninguém!*

— Não! — ela grita. — Nosso pai, porra! — Ela desliza o dedo pela tela algumas vezes, e depois leva o celular até o ouvido.

— Pai, sou eu. — Ela faz uma pausa para deixá-lo falar. — Você machucou o Damon?

Silêncio.

— Você me ouviu. Você o maltratou? Responda-me! — Ela agora está ficando com raiva, andando pelo quarto, e estou quase orgulhosa.

Ele deve ter dito qualquer coisa em admissão, porque Elise suspira e desmorona. Depois do que parecem minutos de choro, ela finalmente fala novamente.

— Por todos aqueles anos, pai?

Mais silêncio.

— Não me venha com desculpas de merda! — Ela se irrita. — Não há nenhuma justificativa para se fazer essas coisas a ninguém! A Jo acabou de contar tudo para mim e para a vó, então você pode ir para o inferno!

Droga! Por que agora me sinto culpada por ela?

Elise desliga, abaixa a cabeça e caminha de volta até onde a vó e eu estamos.

— Me desculpe por eu tê-lo julgado, Jo. E a você. Que canalha estúpido! Por que o Damon? Por que não eu? Por que eu não soube? — Ela arranca os saltos, sobe na cama da vó e se aninha nela.

Vó acaricia o cabelo loiro e murmura palavras de consolo para Elise. Parte de mim quer se juntar à festa do abraço, mas não sou muito de agarra-agarra.

— Ei, você não sabia. Nenhuma das duas sabia o que se passava naquela casa. — Olho de Elise para a vó, e volto para Elise. — O que está feito está feito. Pode até ser que Damon fique com raiva de mim por contar a vocês duas, mas estou feliz por vocês saberem. Talvez agora todas nós consigamos entendê-lo um pouco melhor.

Vó não diz ou faz nada. Elise só assente. Acho que as duas estão em estado de choque e não posso culpá-las.

— Vó, tenho que ir até o Damon e falar com ele sobre o roubo do cheque. — Ela assente. Eu me inclino e a abraço. — Eu te amo, vó. E vou te tirar daqui em breve. Aguarde.

Ela não diz nada. Obviamente, ainda está processando o que contei. Ela concorda e acaricia minha bochecha, e isso é comunicação suficiente para mim.

Quando já estou perto da porta, Elise pula da cama e vem atrás de mim.

— Jo, me desculpe. Eu... — Ela ainda está chorando muito, então as palavras saem aos soluços. — Eu... *soluço*... *soluço*... sinto... *soluço*... muito... *soluço*... mesmo, Jo.

Balanço a cabeça e ela se cala.

— Não. Você não sabia. Não é culpa sua também. — Toco seu braço amigavelmente e saio do quarto. É hora de enfrentar o meu gostosão.

Sento no meu carro e permaneço ali por um bom tempo, tentando processar toda essa merda. Contar a elas sobre Edward e Damon foi doloroso e vou ter que contar a Damon, caso elas tenham coragem de tocar no assunto com ele, mas o que aconteceu com a conta da vó é minha maior prioridade. Damon precisa saber sobre isso o mais rápido possível. Vou ligar para Brian e pedir que ele verifique algumas informações dos funcionários do lar de idosos. Quem mais entraria no quarto da vó por tempo suficiente para roubar o cheque? Ela nunca vai a lugar algum...

A situação da vó é uma grande distração, mas me recuso a

esquecer a tentativa de procurar o nome que consta na certidão de nascimento de Damon. *Beverly Wynona Davis.*

Meu instinto me diz que essa é a coisa certa a fazer, então não posso simplesmente ignorar. Pelo menos, não até conseguir algumas informações para dar a Damon. Sei que ficará irritado comigo, mas espero que, talvez, um dia, ele me agradeça.

CAPÍTULO VINTE

Receptiva

Damon não está em casa quando volto da vó, então resolvo levar Hemingway para passear. Quando retorno, é ele quem está esperando por mim. Está num ótimo humor e odeio estar prestes a arruinar o seu dia, mas, se eu não lhe contar o que aconteceu com a conta bancária da vó e depois a minha conversa com ela e Elise, ele ficará irritado.

— Oi, amor — ronrono conforme envolvo os braços em sua cintura. O cheiro dele é o remédio perfeito para aliviar meu estresse. Fecho os olhos e inalo profundamente.

— Ora, ora, se não é a mulher que eu estava morrendo de vontade de ver. — Ele me abraça forte e então baixa o rosto e me dá um beijo casto. — Senti saudade de você hoje — ele diz baixinho.

— Eu também senti. — Respiro fundo e abro os olhos. É incrível o quanto ele mudou no último mês. Dr. Versan deve estar muito orgulhoso da gente.

Eu realmente não quero arruinar isso.

— Vamos sair para jantar? — ele sugere, roçando a ponta do polegar no meu lábio inferior, como sempre faz. E eu estremeço, como sempre.

Eu realmente não quero contar o que aconteceu, porque sei que ele ficará com puto, mas, se eu não falar, ele ficará furioso.

— Vamos, mas primeiro deixe-me te contar sobre a minha visita à vó. — *Quanto mais rápido, melhor.* — Alguém a está roubando. E não acho que ela pertença àquele lugar, Damon. Ela não está doente ou nada parecido, e estar lá a deixa vulnerável a pessoas que poderiam machucá-la.

— O quê?! — O rosto de Damon fica vermelho e suas veias saltam.

— Alguém roubou um cheque do talão da vó. Nós achamos que pode ter sido o seu pai. — Vejo como seu nível de frustração vai de moderado a grave, em questão de segundos. Ele cerra o maxilar. As narinas dilatam e ele balança a cabeça de um lado para o outro em aversão completa.

— Eu vou cuidar disso. Que filho da puta!

Encolho-me diante de seu grito. Ele já está com raiva, mas tenho que contar o resto.

— E eu acabei com a ilusão que a sua irmã tinha sobre Edward. Ela já sabe o que ele fez. E a vó também — digo apressadamente.

Ele me olha fixamente.

— Por que você fez isso? — questiona baixinho.

Sinto como se eu estivesse sob um holofote; o calor que irradia dele faz a pele do meu couro cabeludo transpirar. Preciso reaplicar meu desodorante antes de sair porque estou suando por causa de toda essa ansiedade.

— Porque eu precisei! — grito. — Ela estava sendo uma cadela defendendo-o veementemente. Ela basicamente disse que você é o culpado por ele ter roubado o cheque do talão da vó.

Seus braços caem ao lado do corpo e ele se afasta de mim, passando as mãos pelo cabelo.

— Você tinha que ter me ligado. Não devia ter contado. Elas não precisam lidar com isso.

— E você precisa? — Coloco as mãos na cintura.

— Preciso. Fui eu que tive que lidar com ele a minha vida toda.

É bem do feitio dele não querer sobrecarregar ninguém com seus problemas.

— E como isso deu certo pra você até agora? — ataco de volta.

Damon estreita o olhar para mim, mas sabe muito bem que estou certa.

— Quer saber? Você não faz ideia do quão sortudo você é! Eu tive que lidar com quase tudo por conta própria, mas porque não tive escolha. Não tive uma irmã ou uma avó que me adoravam, com quem eu pudesse conversar. Você *tem*! Elas te amam. Dê uma chance de elas te apoiarem. Converse com elas.

Ele se aproxima de mim e posso ver confusão estampada em seu rosto. Ele é protetor e sei que nunca iria querer ou permitir que vó e Elise o protegessem, mas ambas são mulheres fortes e corajosas e, se há alguém para o trabalho, são elas.

— Você as subestima, Damon. Não sei se você se deu conta, mas tem três mulheres irritantemente metidas na sua vida que te amam incondicionalmente.

Ele zomba da minha afirmação óbvia.

— Sim, estou bem ciente. Pode acreditar.

Deslizo os dedos por sua cintura e o puxo para mim.

— Desculpe ter contado a elas, Damon. Eu não conseguia mais ouvir Elise dizer uma palavra sobre você não ajudar Edward. Eu não aguentava mais aquilo.

Ele toca sua testa na minha.

— Eu sei, Josephine. — Ele acaricia meu cabelo e o coloca atrás da orelha. Sinto meu peito um pouco menos pesado. — Sei que você só quer ajudar. E te amo por isso. Apesar de que... Se você fizer algo assim de novo...

— Ei! Cuidado, gostosão. — Abro um meio sorriso quando descarto sua ameaça inofensiva.

O olhar de Damon tem um brilho travesso e está evidente onde esta noite vai acabar.

— Uh-uh. — Ando lentamente de costas, balançando a cabeça de um lado para o outro. — Jantar primeiro.

— Você é o meu jantar — ele diz enquanto se aproxima lentamente.

Grito e corro escada acima com um Damon cheio de tesão na minha cola. Não sou páreo para sua velocidade e ele me agarra facilmente. Apesar disso, não posso dizer que estou furiosa. Ser capturada por Damon foi como essa relação começou. Ele é a melhor coisa que já me aconteceu.

Já se passaram dois dias desde que contei a vó e Elise sobre o abuso que Damon sofreu. Ninguém disse nada a ninguém, por isso não houve qualquer confronto, mas ainda me sinto insegura e pisando em ovos, só aguardando a bomba explodir. Damon e Brian vêm fazendo investigação atrás de investigação sobre a conta fraudada da vó, entrevistando os funcionários do lar de idosos, conversando com o gerente do banco, e acho que Damon logo abordará Edward sobre isso.

Verifico a hora no celular, em seguida, olho para o *post-it* com o endereço dela. Está preso no meu computador e já olhei tantas vezes que até o decorei.

Beverly W. Davis
227 Poplar Drive
Las Vegas, NV 89115

Minha perna balança nervosamente debaixo da mesa. Não pensei que seria tão fácil encontrar um endereço. Fiquei ainda mais chocada ao descobrir que o endereço mais recente de Beverly Davis é aqui na cidade. Quando digitei o nome no site de busca, nunca sonhei que realmente fosse encontrar algo. Na verdade, acho que esperava não encontrar nada. Isso seria muito mais fácil de lidar. Se não houvesse um endereço para enviar a carta, não haveria nem sequer a necessidade de escrever uma.

— Merda! — resmungo sozinha. Vamos acabar logo com isso. Pego minha caneta e começo a escrever.

Prezada Sra. Davis,

Meu nome é Josephine Geroux e estou lhe escrevendo por causa de um homem chamado Damon Cole. Se este nome não significar nada para você, então desconsidere esta carta porque eu evidentemente enviei para o endereço da Beverly errada.

Espero que este nome signifique muito para você. Seu nome consta na certidão de nascimento dele e espero poder fazer contato. Sei que você tinha apenas dezessete anos quando deu à luz a Damon e tenho certeza de que teve uma boa razão para desistir da custódia dele, mas eu adoraria conversar com você. Te dou minha total discrição e espero o mesmo de você. Por favor, me ligue se você se sentir confortável o suficiente para conversar.

Atenciosamente,
Josephine Geroux

Levanto, pego a carta e caminho até a loja. Olho pelo lugar e rapidamente encontro Noni. Ela está organizando o inventário da cafeteria *novamente*. Está tentando decidir se quer código colorido ou em ordem alfabética os cafés ensacados, porque ela julga que seremos uma loja mais respeitável se vendermos bebidas à base de café e café em grão e moído para levar para casa. Então, agora, teremos uma grande variedade de cafés vendidos aqui. Embora não tenha pedido meu voto (em ordem alfabética, óbvio – olá, classificação decimal de Dewey, esta é uma livraria!), tenho certeza de que ela está fotografando todas as variações que tentou. Isso a manteve ocupada durante as últimas semanas.

— Aí está você. — Subo em uma das banquetas altas que estão alinhadas na frente do balcão. — Então, acabei de escrever a carta para Beverly, a mulher da certidão de nascimento. Você pode ler e me dizer o que acha?

— Posso, claro. — Noni limpa as mãos em uma toalha e pega a carta. Vejo seu olhar indo linha por linha, lendo a minha carta curta e objetiva. Ela ergue as sobrancelhas e inspeciona-a mais uma vez, em seguida, a entrega de volta para mim.

— Então, o que achou? — pergunto, nervosa.

— Ah, bem, acho que é vaga. Você não acha que ela pode querer saber o que você quer dela?

Eu não tinha pensado por esse ponto de vista. Ela está certa. Aceno com a cabeça em concordância.

— Bem pensado.

— Então, se fosse você, o que iria querer saber? O que você acha que ela gostaria de saber? — ela pergunta. Balança a cabeça e atira a toalha em cima do balcão, me assustando. — Ainda não consigo acreditar que você vai fazer isso sem o aval dele, Jo. Tem certeza do que está fazendo?

— Bem, se ela não responder, então ele nunca precisará saber sobre isso. Quero saber a versão dela da história. Sei que Damon diz que a odeia, mas não consigo acreditar que ela o abandonou pura e simplesmente, sabe? — Noni aquiesce e suspira. Eu continuo a falar. — Também quero saber como ela é. Acho que ele se parece com ela, já que não se parece nem com Edward nem com a vó. Quero saber se ele tem outros irmãos. Se ela está mesmo viva. — Dou de ombros. — Acho que o pensamento de ter uma família lá fora, em algum lugar, é um pouco fascinante para uma órfã.

Noni sorri docemente e dá um tapinha na minha mão.

— Você não é órfã, garota. Você tem a mim, a vó, Elise, Brian e, mais importante, Damon. E ainda tem que nos aturar. — Ela arregala seus olhos como uma pessoa doida e nós duas rimos.

— Ok, vou reescrever a carta dizendo que só quero saber o básico, e depois a envio.

Ela respira fundo e me dá sua aprovação com os polegares para cima.

Farei isso.

Reescrevo a carta num instante e a enfio dentro do envelope já endereçado. Coloco-a no monte de correspondências a serem enviadas pelo correio e faço uma oração silenciosa para que chegue na pessoa certa e ela seja receptiva. Ou, melhor ainda, interessada.

CAPÍTULO VINTE E UM

Segredos

Damon vem agindo de modo estranho há alguns dias e não sei ao certo se é pelo que está acontecendo com a vó ou se ele ainda está irritado por eu ter "entornado o caldo" sobre Edward. Ele tem ido "cuidar de algumas coisas" todos os dias desde que contei sobre a vó. Reconheço que algumas são sobre a vó e outras de trabalho, mas o seu comportamento tem me deixado paranoica sobre a carta de Beverly. Num minuto, me sinto arrependida de tê-la escrito, e, no seguinte, eufórica para saber se ela a recebeu.

Algo está acontecendo. Minha intuição não me engana. E tenho a total intenção de descobrir o que é.

Distraidamente, enfileiro os novos livros na prateleira. Não há nada melhor do que cheiro de livros novos, exceto, talvez, ver fileiras e mais fileiras de livros novos nas *minhas* lindas prateleiras novas, da *minha* livraria recentemente reformada.

Reinauguramos há duas semanas e as coisas estão finalmente entrando nos eixos por aqui. A contratação de Noni foi a melhor decisão que tomei durante a reforma. Pensei que talvez pudéssemos vender alguns bagels pré-embalados e muffins, mas ela teve a brilhante ideia de nos juntarmos a uma padaria daqui da cidade. Um dos amigos de Noni trabalha lá e nos conseguiu um negócio fantástico de venda por atacado. Receberemos entregas semanais deles para vender na cafeteria. Ela é brilhante; esse é um negócio mutuamente vantajoso.

Também descobri o segredo dela para fazer um excelente café. Ela mistura meia chicória moída e meia fava de feijão ao café em grão. Simples assim. Estou pensando em dar um nome ao nosso distinto café: *Mistura do Capitão*.

O familiar sino de cima da porta da frente toca e me viro para ficar de frente com o visitante. Déjà vu. Lá está Damon, parado na porta e com a luz do sol entrando por trás dele. Fico de pé e ele caminha na minha direção.

— Oi. — Ele segura meu rosto com as duas mãos e me beija antes que eu possa dizer qualquer coisa.

— Oi pra você também. — Sorrio para ele e o vejo olhar sobre minha cabeça para Noni.

— Noni, você sabe como trancar tudo, né? — ele pergunta.

Noni fica de boca aberta para o meu gostosão e assente.

— Ok, vou roubá-la pelo resto do dia, se você não se importar.

Ela balança a cabeça negativamente e não posso deixar de rir quando ela me dá uma enorme piscadela. Corro para o escritório para apanhar minha bolsa e pegar o Hemingway do seu lugar debaixo da minha mesa.

— Para onde estamos indo? — pergunto quando ele abre a porta e eu entro na picape.

— Você vai ver.

— Esta picape não é adequada pra você. Por que a dirige? — Tenho certeza de que já fiz essa pergunta antes e nunca recebi uma resposta direta.

Hoje é a verdade.

— As picapes são maiores e mais pesadas do que os carros. Elas são mais seguras em casos de acidentes.

— Oh. — *Outro efeito pós-acidente que mudou nossas vidas.* Vejo pela janela que ele está nos levando para a parte mais afastada da cidade, onde o espaço entre as casas e os prédios se torna maior. Ele entra numa estrada e dirige por mais ou menos um quilômetro e meio. Olho-o com expectativa. *Caramba, para onde estamos indo?*

A picape desacelera à medida que se aproxima de uma linda casa de dois andares. Damon vira e para o carro num conjunto de portões de ferro forjado. Ele baixa o vidro e digita um código em um teclado. Os portões lentamente se abrem. Damon me olha de relance com aquele sorriso torto que eu tanto amo. Ele segue em frente e estaciona em frente à enorme casa.

— Quem mora aqui? — questiono cautelosamente.

— Nós. — Ele abre a porta e pula para fora.

Minhas sobrancelhas se erguem em choque. *Ele comprou a porra de uma casa?*

Ele abre a porta e Hemingway pula da picape com pressa à procura de um pouco de grama. Fico sentada olhando para Damon, absolutamente chocada com o que ele disse.

— Vamos, mulher. — Ele agarra meus quadris e me coloca de pé na calçada de pedra da entrada da garagem.

A casa é um misto de estilo colonial com moderna. Telhas de cor terracota se estendem pelo beiral do telhado. A porta da frente é feita de mogno maciço com um enorme trabalho artesanal. O batente é de ferro, combinando com os portões. Há dois pilares altos de tijolo em ambos os lados do toldo sobre a entrada principal. Palmeiras sagu demarcam o caminho em círculo e o perímetro da casa. É linda e impressionante, mas um pouco intimidante também.

Damon pega minha mão e me puxa para frente.

— Venha ver sua casa. — Ele assobia e Hemingway vem correndo subindo os degraus.

Fico totalmente sem palavras enquanto olho por toda parte. Agora está claro o que ele tem feito. Ao abrir a porta principal, entramos numa casa totalmente mobiliada. Viro-me para encará-lo de boca aberta.

— Eu mesmo a decorei.

Eu sei que foi ele. A casa parece mais com o quarto e a biblioteca da cobertura. Fico extremamente satisfeita quando vejo que não há uma peça moderna discreta como parte do mobiliário. O pé direito chama minha atenção por causa da iluminação localizada. As paredes são pintadas na cor areia. O piso é de madeira maciça. Ele é do mesmo tom de madeira das prateleiras velhas da loja; prateleiras do Capitão. Sei que é um pequeno detalhe que Damon certamente incluiu para mim.

— Nossa, Damon, é impressionante. — Na verdade, acho que estou chorando um pouco. *Ele fez isso para mim.*

— Venha, quero te mostrar a minha parte favorita da casa — ele diz suavemente. Entrelaçamos nossos dedos e andamos juntos pela casa enorme. Pareço uma idiota boquiaberta observando os lindos móveis e a decoração. Por um momento, acho que ele está se referindo à cozinha, mas passamos por ela e continuamos indo em direção à parte de trás da casa.

Damon abre as portas francesas e me puxa para o incrível quintal. Ele levanta a mão e aponta em direção ao canto, no fundo do quintal. Há uma pequena casa que combina com a casa principal: telhas de cor terracota e a porta da frente com batente. Franzo as sobrancelhas e olho para Damon, esperando uma explicação.

— É para a vó. Assim, ela pode voltar para casa. Terá seu próprio espaço.

Suspiro e volto a olhar para a casa. É perfeita e bem aqui. Posso vê-la o tempo todo. Podemos fazer todas as refeições juntas. Podemos conversar tanto quanto quisermos e, o mais importante, ninguém poderá mais roubá-la. Estou com um largo sorriso bobo no rosto. Meu gostosão parece mais orgulhoso do que nunca, com aquele sorriso torto num dos lados da boca. Aqueles olhos cor de âmbar que eu tanto amo estão iluminados e ele parece completamente feliz. Pego sua mão. Olho para elas unidas enquanto tento organizar meus pensamentos e falar as palavras que estou procurando. Ele me encara e espera.

— Damon, e-eu não sei o que dizer. Não mereço tudo isso.

Ele pega minhas duas mãos e as coloca ao redor de sua cintura, me puxando para perto dele. Então, segura meu rosto com as duas mãos enquanto seu olhar caloroso me encara.

— Você merece cada pedacinho dela. Você é a minha razão.

— Para quê?

— Tudo. Eu estaria perdido sem você. Josephine, você me salva milhares de vezes por dia, de mil maneiras diferentes, e você nem faz ideia. Lembro-me de pensar que desejei ser o seu talismã naquele dia no acidente. Já naquela época eu queria estar lá para você. Você deve ser chamada de senhora.

Franzo as sobrancelhas. Não faço a menor ideia de porque ele gostaria de me chamar de senhora e porque isso tem alguma coisa a ver com a gente ou esta casa incrível. Ele vê a confusão que causou e continua.

— Quando eu a chamei de senhora na livraria ao nos conhecermos, você me disse que eu não deveria te chamar assim. Que somente pessoas que têm um título, prestígio ou marido deveriam ser chamadas de senhora — ele explica, apressado. — Eu quero que você seja a minha senhora.

Suas palavras se infiltram por todos os poros, através de cada célula do meu corpo, e me deixam impregnada com o que ele está dizendo. Lembro de ter dito isso a ele naquela manhã na loja. Senhora. Que pateta.

— Seja minha esposa. Casa comigo, Josephine. — Ele se ajoelha, parecendo um pouco nervoso, e isso me derrete completamente.

Eu o ouço. Vejo sua boca se movendo. Vejo-o antecipando a minha resposta, mas meu cérebro estúpido está preso. A única coisa que consigo gerir é o ato de encará-lo. Meu coração está tão acelerando no peito que sinto falta de ar, só estando aqui. Abro um sorriso tão largo que meu rosto dói. Puxo-o de sua posição e jogo meus braços em volta de seu pescoço. Damon tira meus pés do chão e sou pressionada com tanta força em seu peito firme que mal consigo respirar.

— Diga mais uma vez — sussurro em seu ouvido.

Seu peito começa a tremer de alegria.

— Casa comigo? — ele diz através de riso.

— Mais uma vez? — apelo.

Ele me coloca de volta no chão e me olha com os olhos arregalados.

— Mulher, se você não me disser que vai se casar comigo agora...

— Sim. Eu vou me casar com você — corto sua falsa ameaça com o mais claro e retumbante sim que eu consigo dizer.

Sua risada desaparece e seu peito se expande à medida que ele inala profundamente.

— Eu vou te fazer muito feliz — ele promete suavemente. É uma promessa familiar que merece uma resposta familiar.

— Você já faz. — Ele sorri e enfia meu cabelo atrás da orelha. Uma de suas mãos desliza no bolso e pega um anel de tirar o fôlego. Minha boca se abre enquanto ele o segura para mim.

— Leia a inscrição. — Ele me entrega o anel e o trago para bem perto para ler a inscrição no lado de dentro.

Meu coração reside com você.

É uma parte da citação que *papa* colocou no relógio que deu a *maman*. Sempre vou ter um pedaço de ambos no anel que significa minha união com Damon. Eu não poderia pedir mais.

Meu *papa* não me conduzirá até o altar. Não vamos ter aquela conversinha antes da caminhada de como eu cresci, mas que sempre serei sua menininha. E também não haverá uma dança entre pai e filha.

Minha *Maman* não vai me ajudar a escolher o vestido. Não vai se emocionar e dizer um monte de *ooh* e *ahh* sobre o cabelo e a maquiagem no meu grande dia. Também não vamos escolher os arranjos de flores juntas.

Eles não vão estar no meu casamento. Mas meu Damon encontrou uma bela maneira de se certificar de que ambos estejam no centro de tudo isso. E de nossas vidas. Um nó se instala na minha garganta e lágrimas inundam meus olhos, ofuscando minha visão. Damon pega o anel da minha mão trêmula e a beija. Então, pega minha mão esquerda, palma para baixo, e desliza o anel pelo meu dedo; ele se encaixa como uma luva. Como se sempre tivesse estado ali.

— É perfeito, muito obrigada — eu murmuro. Fico olhando para o anel em reverência. Brilha e reluz na luz. É um único diamante, erguido em um ajuste de seis pinos, e é perfeito para mim.

Damon segura meu queixo e inclina minha cabeça até o meu olhar encontrar o dele. Seus olhos cor de mel me consomem como sempre. Seus dedos emaranham em meu cabelo. Ele se inclina e eu lambo meus lábios pouco antes de sua boca encontrar a minha. Seus lábios cobrem os meus e conduzem o beijo. Ele rouba meu fôlego enquanto me devora avidamente. É um beijo significativo e expressivo, que sela o pedido, e lhe dou o meu melhor. Depois de outro beijo, mais suave desta vez, sua boca se separa da minha.

— Então, posso levar minha *noiva* para comemorar?

Sua ênfase no meu novo título me faz sorrir como uma idiota.

— Depois de tudo isso... — Gesticulo para tudo em volta. Em seguida, olho para o meu anel novamente. — Tenho certeza de que você pode fazer o que quiser. Estou no céu.

Ele sorri e agita as sobrancelhas. Deus, amo meu gostosão safado.

— Vamos dar o fora daqui. — Ele joga o braço pesado em volta dos meus ombros e andamos em direção à porta da frente. Quando ele se vira para trancar a porta, meu celular começa a tocar no bolso traseiro. Tiro-o do jeans e vejo que é Noni. Ela tem me ligado sem parar nos últimos dias com ideias para o café. Sei que está empolgada sobre isso, mas, que droga, agora não é uma boa hora de ser incomodada. Estou desfrutando do nosso momento!

— Oi, Noni. Tudo bem? — pergunto, parecendo animada demais até mesmo para os meus ouvidos. *Deve ser a enorme pedra na minha mão esquerda e essa casa maravilhosa*. Sorrio de novo só de pensar em tudo isso. — O que houve? Já pensou em um bom nome para aquelas coisas dinamarquesas?

Há uma pausa e meu sorriso desvanece. *Ops, há algo errado.*

— O que há de errado? — exijo.

— Hum, na verdade, não há nada de errado, Jo. Eu só liguei... por causa da *carta*. Você me disse para ligar se eu estivesse disposta a conversar. *Ele é meu.*

Estou tão chocada que praticamente sinto a cor drenar do meu rosto. Damon se vira para me olhar, então, numa segunda olhada, percebe minha falta de cor. Sua mandíbula cerra e faz uma cara de preocupação. É melhor eu me controlar ou ele vai sacar que algo está errado.

— Seu sobrenome não é Davis! — deixo escapar.

— Não, não é. É uma longa história. Já me passo por Noni há anos. É o meu apelido.

— Hum, sim, tudo bem, não é grande coisa. Podemos conversar sobre o cardápio de amanhã no trabalho. — Faço o meu melhor para parecer que estou conversando sobre trabalho com ela.

— Ele está aí por perto, né?

— Sim, sim. — Chuto o nada na calçada, me esforçando para guardar essa bagunça sem que exploda na minha cara. Acabei de ficar noiva. Não quero estragar tudo deixando Damon descobrir o que eu fiz.

— Sinto muito, Jo. — O remorso que ouço na voz de Noni é genuíno. Não consigo nem assimilar tudo isso. Noni, minha Noni. Minha Noni é Beverly, a mãe biológica de Damon.

— Tá bom, sem problema. Podemos ver tudo isso na parte da manhã. Te vejo amanhã. Tchau. — Desligo com pressa e enfio o celular no bolso.

— Noni? — ele questiona.

Por um momento, acho que ele sabe. Minha boca está

seca; meu coração, disparado; e meu estômago, revirado. Eu tenho que mentir. Ele *não* está preparado.

— O que houve?

— Ela apenas precisa que eu veja algumas coisas da cafeteria, mas quero ficar aqui com você. Quero esquecer tudo e todos. — Apenas uma parte da minha explicação é mentira. Eu realmente só quero ficar aqui com ele e esquecer o mundo, mas o que está feito está feito. Não há como voltar atrás. Encontrei a mãe dele, escondida, ponto.

— Talvez seja melhor eu levar minha mulher para umas férias.

Sorrio e relaxo quando ele envolve seu braço em volta de mim novamente e caminhamos em direção à picape.

— Sim, eu não reclamaria de passar algum tempo longe daqui. Seria bom.

Ele me libera para abrir minha porta.

— Sério? — Ele me olha com uma expressão de descrença no rosto. Acho que o choquei demais.

— Sério.

Meu gostosão sorri triunfante, em seguida, fecha a porta, contorna a picape, e assobia chamando Hemingway, que volta correndo. Ele o coloca para dentro e desliza no banco do motorista. Então, levanta minha mão esquerda e olha para o anel que acabou de colocar lá, em seguida, me olha com o mais doce sorriso de menino, de derreter o coração, que eu já vi em seu rosto.

Sei que ele merece saber o que fiz. Sempre imaginei que Noni olhava para Damon e corava quando ele estava por perto porque ela era uma "puma" ou algo do tipo. Nunca, nem em sonho, passou pela minha cabeça que ela tivesse lhe dado à luz. Não sei se posso contar a ele. Justo agora que ele está começando a melhorar. Verdade seja dita, acho que nós dois estamos indo bem em nosso caminho para melhorarmos.

Não acho que exista um fim, apesar disso. Acho que vou me tornando melhor ao longo da vida. Vou passar os dias que me restam reconstruindo e reparando todas as partes danificadas da minha vida e estou muito bem com isso. Só espero que ele possa ficar bem com isso também. Como diz o Dr. Versan, não tem problema não estar bem. Estou bem no meio de não estar bem, e espero, para o nosso bem, que o doutor esteja certo. Tenho muito a perder. É um risco que não sei ao certo se estou disposta a correr. Vou esquecer tudo isso e me casar com o amor da minha vida. Só eu sei quanto me custou lutar para recuperá-lo depois do que aconteceu. Não quero arriscar perdê-lo para o passado novamente.

EPÍLOGO

Edward

Estou ficando sem opções... Essa puta está estragando o único plano que eu tenho. Vadia estúpida! Isso é o que ela é e sei como lidar com esse tipo. Meu celular toca no bolso da camisa e o retiro para atender. Nem verifico a tela. Sei quem é. Ele disse que ligaria hoje.

— Fala.

— Ei, cara. Precisamos conversar. — Este filho da puta parece nervoso. Ele vem ficando cada vez mais nervoso. Se não se acalmar, essa merda toda vai pelos ares.

— Sim, precisamos. Você fez o que eu te pedi?

Ele suspira ao telefone. *O covarde não fez.*

— Ainda não — ele diz. — Estou trabalhando nisso. Ouça, estamos com problemas.

Não estou surpreso com esse idiota; sempre temos problemas.

— Que merda está errada agora?

— Acho que talvez ela saiba. E aquele grande filho da puta que está com ela tá me deixando nervoso pra caralho. Ele parece louco.

— Ouça. Você tem um trabalho muito simples a fazer. Estou pagando bem pra caralho para esse trabalho ser feito. Se você não conseguir, vou pagar outra pessoa. Entendeu?

— E quanto à garota?

— Não se preocupe com essa cadela ou o namorado. Vou lidar com eles. Faça exatamente o que você foi pago para fazer!

— Tá bom. Tudo bem. Vou fazer.

— Ótimo. Não me ligue de novo até que esteja feito. — Finalizo a chamada e tomo um gole de uísque. É barato e tem gosto de mijo de bode. Inferno, mijo de bode deve até ter o gosto melhor do que essa merda. Eu compraria uma boa bebida, mas os tempos estão difíceis e o dinheiro, escasso. Tenho que conseguir a porra do dinheiro ou nem vou ter mais que me preocupar em comprar qualquer coisa para beber. Estarei no maldito deserto sendo comido pelos urubus. Tenho que conseguir aquele dinheiro. Meu filho inútil não me dará a porra de um centavo, então só me resta a mamãe. Vou partir para cima dela e, se isso falhar, sairá do bolso de Damon. De alguma forma. Ele foi um erro desde que foi concebido. Aquela cadela tentou estragar tudo ficando grávida. Mostrei a ela como calar a boca e ir embora. Vou mostrar a esta pequena cadela, namorada dele, também.

Fim...

Por enquanto.

AGRADECIMENTOS

Os agradecimentos são, possivelmente, a parte mais difícil de escrever um livro. Não quero deixar ninguém de fora, mas, ao mesmo tempo, não vou divagar por nomes no final do livro. É muito simples. Há um monte de pessoas na minha vida que eu simplesmente gosto muito. Tantas pessoas correm por aí dizendo "oh, eu adoro isso ou aquilo ou ele ou ela".

Quando digo que *gosto* de alguém, significa muito mais do que qualquer outra coisa. Tenho que gostar muito de uma pessoa antes de trazê-la para o meu mundinho louco. Estas são algumas pessoas que eu simplesmente gosto!

Minha agente, Marisa Corviesiero, é possivelmente uma das mais legais, a pessoa do ramo mais experiente que eu conheço e não tem medo de soltar aquele palavrão quando tem oportunidade. Ela pensa como eu.

Vocês blogueiros que trabalham incansavelmente por nada mais do que a satisfação de ler e compartilhar um livro. Obrigada por amarem ler muito.

Angela McLaurin! Eu nunca, NUNCA, te direi que você é boa. Nunca. Você é uma mulher e formatadora do cacete! Obrigada.

Minha incrível editora, Erin! Ainda voto que você renomeie a edição de Wise Owl para Wise Ass Editing. É um nome legal e nós duas sabemos que se encaixa. Obrigada por ser a melhor e mal remunerada editora sobrecarregada do planeta!

Robin Harper, você é uma mulher hábil. Apareceu para salvar o dia no último minuto. Fez duas capas espetaculares para mim em tempo recorde. Sinto que devo te pagar uma bebida em algum momento. É só dizer.

À minha família. Obrigada por colaborarem com a minha carreira. Isso faz esse trabalho ser ainda mais recompensador e gratificante.

Aos meus leitores. Vocês todos me emocionam o tempo todo com o quanto vocês amam meus personagens e histórias. Eles ganham vida através de vocês.

Entre em nosso site e viaje no nosso mundo literário.
Lá você vai encontrar todos os nossos
títulos, autores, lançamentos e novidades.
Acesse www.editoracharme.com.br

Além do site, você pode nos encontrar em nossas redes sociais.

https://www.facebook.com/editoracharme

https://twitter.com/editoracharme

http://www.pinterest.com/editoracharme

http://instagram.com/editoracharme